¡Apúntate! 3

Nueva edición

Grammatikheft

AF637615

Cornelsen

¡Apúntate! 3 Nueva edición
Grammatikheft

Im Auftrag des Verlages erarbeitet von:
Joachim Balser

Redaktion:
Yvonne Miller

Projektleitung:
Heike Malinowski

Illustration: Rafael Broseta

Umschlaggestaltung: werkstatt für gebrauchsgrafik, Berlin

Layout und technische Umsetzung: graphitecture book & edition

Umschlagfoto: laif / Redux / Lucas Vallecillos

www.cornelsen.de

Für die Nutzung des kostenlosen Internetangebots zum Buch gelten die allgemeinen Geschäftsbedingungen (ABG) des Internetportals *www.cornelsen.de*, die jederzeit unter dem entsprechenden Eintrag abgerufen werden können.

1. Auflage, 5. Druck 2025

Alle Drucke dieser Auflage sind inhaltlich unverändert
und können im Unterricht nebeneinander verwendet werden.

© 2018 Cornelsen Verlag GmbH, Mecklenburgische Str. 53, 14197 Berlin,
E-Mail: service@cornelsen.de

Das Werk und seine Teile sind urheberrechtlich geschützt. Jede Nutzung in anderen als den gesetzlich zugelassenen Fällen bedarf der vorherigen schriftlichen Einwilligung des Verlages. Hinweis zu §§ 60 a, 60 b UrhG: Weder das Werk noch seine Teile dürfen ohne eine solche Einwilligung an Schulen oder in Unterrichts- und Lehrmedien (§ 60 b Abs. 3 UrhG) vervielfältigt, insbesondere kopiert oder eingescannt, verbreitet oder in ein Netzwerk eingestellt oder sonst öffentlich zugänglich gemacht oder wiedergegeben werden. Dies gilt auch für Intranets von Schulen und anderen Bildungseinrichtungen.

Der Anbieter behält sich eine Nutzung der Inhalte für Text- und Data-Mining im Sinne § 44 b UrhG ausdrücklich vor.

Druck: Athesiadruck GmbH, Bozen

ISBN 978-3-06-121223-0

PEFC
PEFC/18-31-166

PEFC-zertifiziert
Dieses Produkt stammt aus nachhaltig bewirtschafteten Wäldern und kontrollierten Quellen
www.pefc.de

Vorwort

¡Hola! Ich bin Pepe
und begleite dich durch dein Grammatikheft.
Du findest hier den gesamten Grammatikstoff
von *¡Apúntate! 3*.

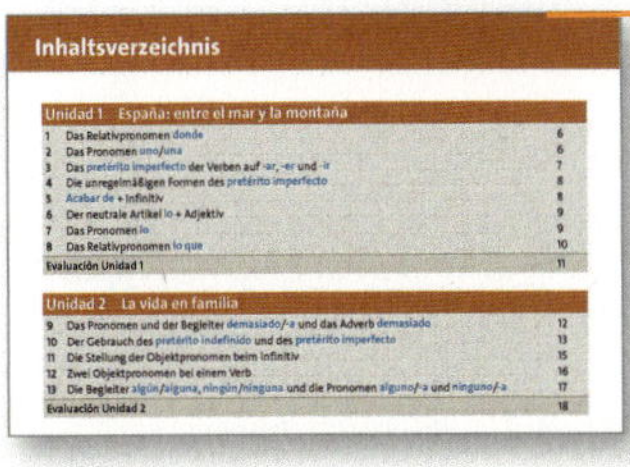
Inhaltsverzeichnis

Wenn du wissen willst, wo du ein Thema findest, schlägst du im Inhaltsverzeichnis nach.

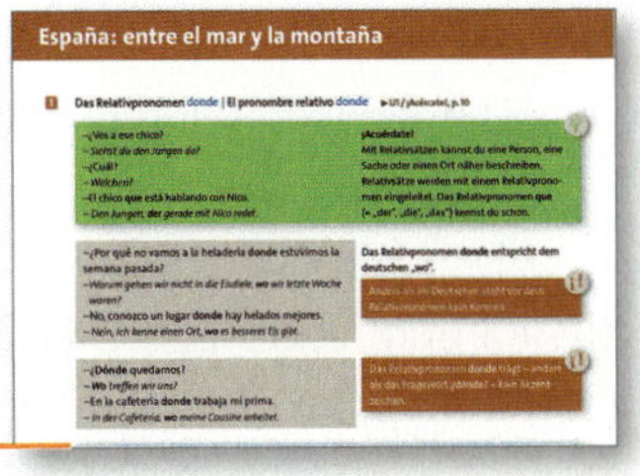
España: entre el mar y la montaña

In jedem Abschnitt findest du auf der linken Seite spanische Beispielsätze bzw. Tabellen, in denen der neue Grammatikstoff fett gedruckt ist. In der rechten Spalte findest du die Erklärung zur neuen Grammatik.

In den grünen *¡Acuérdate!*-Kästen kannst du grammatische Themen aus *¡Apúntate! 1* und *¡Apúntate! 2* auffrischen.

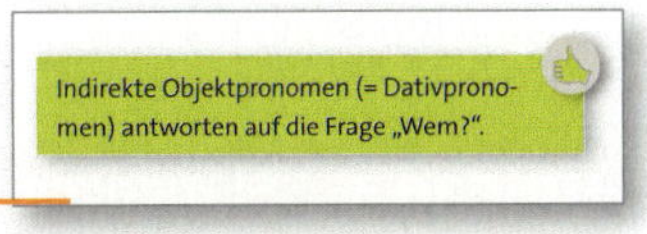
Indirekte Objektpronomen (= Dativpronomen) antworten auf die Frage „Wem?".

In den gelben Kästchen findest du die Bedeutung von grammatischen Begriffen oder Lernhilfen.

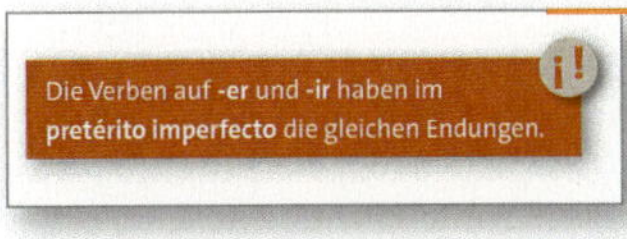
Die Verben auf **-er** und **-ir** haben im **pretérito imperfecto** die gleichen Endungen.

In den orangefarbenen Kästen findest du wichtige Hinweise.

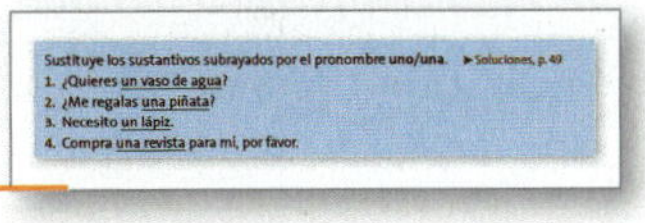

In den blauen Kästen kannst du überprüfen, ob du die neue Grammatik verstanden hast. Die Lösungen findest du auf den Seiten 49–53.

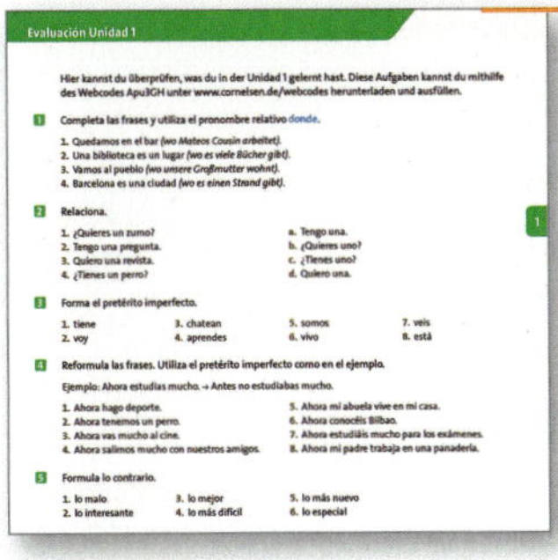
Evaluación Unidad 1

Die Rubrik *Evaluación* gibt es am Ende jeder Unidad. Hier kannst du überprüfen, ob du die Grammatik der Lektion verstanden hast. Du kannst die Aufgaben auch auf **www.cornelsen.de/webcodes** mit dem Webcode Apu3GH herunterladen und entweder direkt am Computer bearbeiten oder ausdrucken. Die Lösungen dazu findest du auch unter dem Webcode.

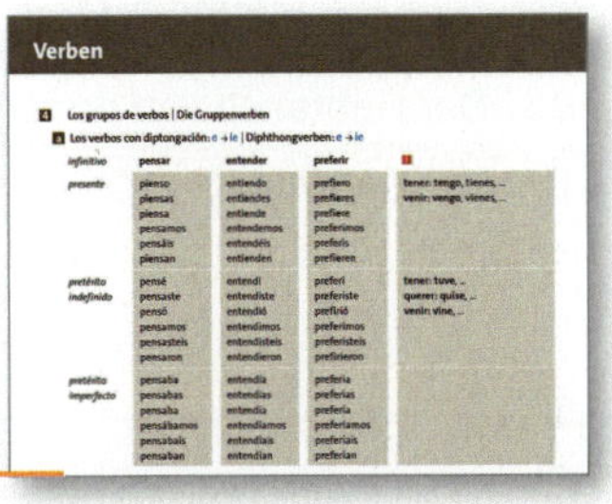
Verben

Auf den Seiten 36–48 findest du mehrere Übersichten, z. B. zu den Ausspracheregeln und den Verben, die du aus *¡Apúntate! 1*, *¡Apúntate! 2* und *¡Apúntate! 3* kennst.

Viel Spaß beim Spanischlernen!
Und viel Erfolg natürlich!

Inhaltsverzeichnis

Unidad 1 España: entre el mar y la montaña

Unidad 2 La vida en familia

Unidad 3 El intercambio

Unidad 4 La América hispanohablante

Módulo 4 ¡No os pongáis así!

Anexo

España: entre el mar y la montaña

1 Das Relativpronomen donde | El pronombre relativo donde ▶ U1 / ¡Acércate!, p. 10

–¿Ves a ese chico?
– Siehst du den Jungen da?
–¿Cuál?
– Welchen?
–El chico **que** está hablando con Nico.
*– Den Jungen, **der** gerade mit Nico redet.*

¡Acuérdate!
Mit Relativsätzen kannst du eine Person, eine Sache oder einen Ort näher beschreiben. Relativsätze werden mit einem Relativpronomen eingeleitet. Das Relativpronomen **que** (= „der", „die", „das") kennst du schon.

–¿Por qué no vamos a la heladería **donde** estuvimos la semana pasada?
*– Warum gehen wir nicht in die Eisdiele, **wo** wir letzte Woche waren?*
–No, conozco un lugar **donde** hay helados mejores.
*– Nein, ich kenne einen Ort, **wo** es besseres Eis gibt.*

Das Relativpronomen **donde** entspricht dem deutschen „wo".

¡! Anders als im Deutschen steht vor dem Relativpronomen kein Komma.

–¿**Dónde** quedamos?
*– **Wo** treffen wir uns?*
–En la cafetería **donde** trabaja mi prima.
*– In der Cafeteria, **wo** meine Cousine arbeitet.*

¡! Das Relativpronomen **donde** trägt – anders als das Fragewort **¿dónde?** – kein Akzentzeichen.

Une las frases con el pronombre relativo **donde**. ▶ Soluciones, p. 49

1. En Bilbao hay un museo famoso. En el museo puedes ver obras de arte interesantísimas.
2. El País Vasco es una comunidad autónoma. En la comunidad autónoma hay mucha industria.
3. En Bilbao hay muchas cafeterías. Allí puedes comer pinchos.
4. Ea es un pueblo. En el pueblo hay una playa muy bonita.

2 Das Pronomen uno/una | El pronombre uno/una ▶ U1 / A, p. 13

un zumo	**una** naranja
***ein** Saft*	***eine** Orange*

¡Acuérdate!
Du kennst **un/una** schon als unbestimmten Artikel vor Substantiven.

un zumo → **uno**
–¿Quieres un zumo? –Sí, quiero **uno**.
*– Möchtest du einen Saft? – Ja, ich möchte **einen**.*
una naranja → **una**
Tenemos naranjas. ¿Quieres **una**?
*Wir haben Orangen. Möchtest du **eine**?*

Das Pronomen **uno/una** ersetzt ein Substantiv.

Sustituye los sustantivos subrayados por el pronombre **uno/una**. ▶ Soluciones, p. 49

1. ¿Quieres un vaso de agua?
2. ¿Me regalas una piñata?
3. Necesito un lápiz.
4. Compra una revista para mí, por favor.

3 Das pretérito imperfecto der Verben auf -ar, -er und -ir | El pretérito imperfecto de los verbos en -ar, -er e -ir ▶ U1/A, p. 13

Das **pretérito imperfecto** brauchst du, um von dauerhaften Zuständen oder Gewohnheiten in der Vergangenheit zu sprechen. Es steht oft mit Zeitangaben wie:
antes = früher
en aquella época = damals
normalmente = normalerweise
siempre = immer
todos los días / fines de semana / años = jeden Tag / jedes Wochenende / jedes Jahr

	esperar *warten*
[yo]	esper**aba**
[tú]	esper**abas**
[él/ella]	esper**aba**
[nosotros/-as]	esper**ábamos**
[vosotros/-as]	esper**abais**
[ellos/-as]	esper**aban**

Bei den Verben auf **-ar** trägt im **pretérito imperfecto** nur die 1. Person Plural ein Akzentzeichen.

	querer *wollen*	**vivir** *leben*
[yo]	quer**ía**	viv**ía**
[tú]	quer**ías**	viv**ías**
[él/ella]	quer**ía**	viv**ía**
[nosotros/-as]	quer**íamos**	viv**íamos**
[vosotros/-as]	quer**íais**	viv**íais**
[ellos/-as]	quer**ían**	viv**ían**

Bei den Verben auf **-er** und **-ir** tragen alle Endungen ein Akzentzeichen auf dem **i**.

¡! Die Verben auf **-er** und **-ir** haben im **pretérito imperfecto** die gleichen Endungen.

Forma el pretérito imperfecto. ▶ Soluciones, p. 49

1. hablar [yo]
2. estudiar [nosotros]
3. levantarse [ellas]
4. encontrar [nosotras]
5. buscar [yo]
6. pedir [él]
7. jugar [vosotras]
8. creer [tú]
9. salir [vosotros]
10. acordarse [tú]
11. comer [ella]
12. empezar [ellos]
13. conocer [yo]
14. escribir [nosotros]
15. leer [ella]
16. entender [ellos]

4 Die unregelmäßigen Formen des pretérito imperfecto | Las formas irregulares del pretérito imperfecto ▶ U1/A, p. 13

	ser *sein*	**ir** *gehen*	**ver** *sehen*
[yo]	**era**	**iba**	**veía**
[tú]	**eras**	**ibas**	**veías**
[él/ella]	**era**	**iba**	**veía**
[nosotros/-as]	**éramos**	**íbamos**	**veíamos**
[vosotros/-as]	**erais**	**ibais**	**veíais**
[ellos/-as]	**eran**	**iban**	**veían**

Im **pretérito imperfecto** gibt es nur drei unregelmäßige Verben: **ser**, **ir** und **ver**.
Bei **ver** wird einfach nur ein **e** zwischen Stamm und Endung eingefügt.

Completa con las formas del pretérito imperfecto. ▶ Soluciones, p. 49

1. ¿Cómo *(ser)* tu vida antes?
2. ¿Quiénes *(ser)* tus amigos?
3. ¿Qué (*ver* / tú) en la tele cuando (*ser* / tú) pequeña?
4. Mis hermanos y yo casi nunca *(ver)* la tele.
5. ¿Antes Max *(ir)* al colegio en bici?
6. No, normalmente él y su hermana *(ir)* a pie.

5 Acabar de + Infinitiv | Acabar de + infinitivo

		acabar de + infinitivo *gerade etw. getan haben*	
[yo]		**Acabo de**	desayunar.
[tú]	¿Te	**acabas de**	levantar?
[él/ella]	El profe	**acaba de**	entrar.
[nosotros/-as]		**Acabamos de**	comer.
[vosotros/-as]	Chicos, ¿	**acabáis de**	llegar?
[ellos/-as]	Ana y Lili	**acaban de**	salir.

Um zu sagen, dass etwas gerade eben geschehen ist, benutzt du im Spanischen das Verb **acabar de** zusammen mit dem Infinitiv.

¿Cómo lo dices en español? Completa las frases. ▶ Soluciones, p. 49
1. Los chicos *(sind gerade angekommen)* a la fiesta.
2. Daniel *(hat gerade gesprochen)* mit Ana.
3. *(Ich habe gerade gemacht)* los deberes.
4. Tarek *(hat gerade gefrühstückt)*.
5. *Hast du gerade Paella gegessen?*
6. *(Wir haben gerade geschrieben)* un examen.

6 Der neutrale Artikel lo + Adjektiv | El artículo neutro lo + adjetivo ▶ U1/B, p. 17

el lápiz — **la** lámpara
der *Stift* — ***die*** *Lampe*

¡Acuérdate!
Du kennst schon den bestimmten Artikel **el** bzw. **la**. Er steht vor einem Substantiv.

Lo bueno/malo/interesante del País Vasco es...
Das *Gute/Schlechte/Interessante am Baskenland ist ...*
Lo mejor / peor / más interesante del País Vasco es...
Das *Beste/Schlechteste/Interessanteste am Baskenland ist ...*

Der neutrale Artikel **lo** vor Adjektiven entspricht dem deutschen „das".

¿Cómo lo dices en español? Completa las frases. ▶ Soluciones, p. 49
1. *(Das Schlechte)* del instituto son los exámenes.
2. *(Das Schwierigste)* de los exámenes es no ponerse nervioso.
3. *(Das Beste)* del domingo es que no hay clases.
4. *(Das Gute)* de vivir en el pueblo es que puedes ir a pie a todos los lugares.

7 Das Pronomen lo | El pronombre lo ▶ U1/B, p. 17

–¿Me das tu boli?
– Gibst du mir deinen Kuli?
–Claro, aquí **lo** tienes.
– Klar, hier hast du ***ihn***.

¡Acuérdate!
Du kennst schon das direkte Objektpronomen (= Akkusativpronomen) **lo** bzw. **la**. Es ersetzt ein Substantiv, um Wortwiederholungen zu vermeiden.

Das Pronomen **lo** kann auch einen ganzen Satz oder Nebensatz ersetzen. Im Deutschen gibt man es mit „es" oder „das" wieder.

No **lo** creo.
Ich glaube ***es*** *nicht.*
No **lo** sé.
Ich weiß ***es*** *nicht.*

Das Pronomen **lo** steht vor dem konjugierten Verb.

Contesta las preguntas con el pronombre **lo**. ▶ Soluciones, p. 49

1. ¿No sabías que mañana tenemos un examen de Mates? –No, [...].
2. ¿Ya sabes si puedes venir a mi fiesta? –No, todavía [...].
3. ¿Puedes entender qué le pasa a María? –Sí, [...].
4. ¿Crees que Elena tiene un caballo? –Sí, [...].
5. ¿Escuchaste lo que dijo el profe? –Sí, [...].

8 Das Relativpronomen lo que | El pronombre relativo lo que ▶ U1/B, p. 17

Das Relativpronomen **lo que** entspricht dem deutschen „(das), was". Es leitet einen Relativsatz ein, der sich nicht auf eine Person oder Sache, sondern auf einen ganzen Sachverhalt bezieht.

¿Quién es la chica **que** está hablando con Elena?
Wer ist das Mädchen, ***das*** *mit Elena redet?*
Sara siempre dice **lo que** piensa.
Sara sagt immer ***(das), was*** *sie denkt.*
Lo que quiero decir es...
Was *ich sagen will, ist ...*

¡! Merke dir den Unterschied zwischen den Relativpronomen **que** und **lo que**: Wenn du auf Deutsch „der", „die" oder „das" sagen würdest, benutzt du **que**. Wenn du „(das), was" sagen würdest, benutzt du **lo que**.

¿Cómo lo dices en español? ▶ Soluciones, p. 50

1. *Ich sage dir alles, was ich weiß.*
2. *Verstehst du, was wir machen müssen?*
3. *Habt ihr alles, was ihr braucht?*
4. *Was du tun musst, ist lernen.*

Hier kannst du überprüfen, was du in der Unidad 1 gelernt hast. Diese Aufgaben kannst du mithilfe des Webcodes Apu3GH unter www.cornelsen.de/webcodes herunterladen und ausfüllen.

1 Completa las frases y utiliza el pronombre relativo **donde**.

1. Quedamos en el bar *(wo Mateos Cousin arbeitet)*.
2. Una biblioteca es un lugar *(wo es viele Bücher gibt)*.
3. Vamos al pueblo *(wo unsere Großmutter wohnt)*.
4. Barcelona es una ciudad *(wo es einen Strand gibt)*.

2 Relaciona.

1. ¿Quieres un zumo?
2. Tengo una pregunta.
3. Quiero una revista.
4. ¿Tienes un perro?

a. Tengo una.
b. ¿Quieres uno?
c. ¿Tienes uno?
d. Quiero una.

3 Forma el pretérito imperfecto.

1. tiene
2. voy
3. chatean
4. aprendes
5. somos
6. vivo
7. veis
8. está

4 Reformula las frases. Utiliza el pretérito imperfecto como en el ejemplo.

Ejemplo: Ahora estudias mucho. → Antes no estudiabas mucho.

1. Ahora hago deporte.
2. Ahora tenemos un perro.
3. Ahora vas mucho al cine.
4. Ahora salimos mucho con nuestros amigos.
5. Ahora mi abuela vive en mi casa.
6. Ahora conocéis Bilbao.
7. Ahora estudiáis mucho para los exámenes.
8. Ahora mi padre trabaja en una panadería.

5 Formula lo contrario.

1. lo malo
2. lo interesante
3. lo mejor
4. lo más difícil
5. lo más nuevo
6. lo especial

6 Contesta con **lo** como en el ejemplo.

Ejemplo: –¿Entiendes por qué Ana no puede venir a tu fiesta? –Sí, lo entiendo.

1. ¿Ves que todos te están esperando?
2. ¿Quieres saber adónde vamos de excursión?
3. ¿Sabes a qué hora pasa el bus?
4. ¿Entiendes que yo no podía hacer nada?

7 Forma frases con **lo que**.

1. Vamos a comprar		tengo que hacer.
2. Es interesante escuchar		necesitamos para la excursión.
3. Te voy a decir	lo que	hizo en las vacaciones.
4. Nico está contando		tienes que saber.
5. Voy a hacer		cuenta la abuela.

9 Das Pronomen und der Begleiter demasiado/-a und das Adverb demasiado | El pronombre y el determinante demasiado/-a y el adverbio demasiado ▶ U2/¡Acércate!, p. 30

poco tiempo *wenig Zeit*	poca comida *wenig Essen*
muchos adultos *viele Erwachsene*	muchas cosas *viele Sachen*

¡Acuérdate!
Du kennst schon einige Begleiter, mit denen Mengen angegeben werden: **mucho/-a**, **poco/-a** etc. Sie werden in Geschlecht (männlich/weiblich) und Zahl (Singular/Plural) an das Bezugswort angepasst.

	männlich	weiblich
Singular	**demasiado** ruido ***zu viel*** *Lärm*	**demasiada** comida ***zu viel*** *Essen*
Plural	**demasiados** libros ***zu viele*** *Bücher*	**demasiadas** cosas ***zu viele*** *Sachen*

Der Begleiter **demasiado/-a** entspricht dem deutschen „zu viel/e". Er wird – genau wie **mucho/-a**, **poco/-a** etc. – an sein Bezugswort angepasst.

Wenn schon klar ist, wovon die Rede ist, kann **demasiado/-a** auch als Pronomen alleine stehen. Es wird aber trotzdem an sein Bezugswort angepasst.

Estas tareas son **demasiado** difíciles.
*Diese Aufgaben sind **zu** schwierig.*
Óscar come **demasiado**.
*Óscar isst **zu viel**.*

Als Adverb entspricht **demasiado** + Adjektiv dem deutschen „zu + Adjektiv" (z. B. „zu schwierig"). In Kombination mit einem Verb bedeutet **demasiado** „zu viel".

¡! Das Adverb **demasiado** wird nicht angepasst.

Completa con la forma correcta de **demasiado/-a** o con el adverbio **demasiado**. ▶ Soluciones, p. 50

1. En el concierto había [...] gente.
2. Ayer dormí [...].
3. Este examen es [...] fácil.
4. Este mes tenemos [...] exámenes.
5. No necesito más zapatos. Ya tengo [...].
6. Esta película es [...] aburrida.
7. Este zumo tiene [...] azúcar.
8. ¿Más deberes? Por favor, ¡esto es [...]!
9. ¿Dónde dejamos las bicis? Aquí ya hay [...].
10. Estás comiendo [...] chucherías.

10 Der Gebrauch des pretérito indefinido und des pretérito imperfecto | El uso del pretérito indefinido y del pretérito imperfecto ▶ U2/A, p. 33

Ayer Esteban **jugó** al fútbol. (= **pretérito indefinido**)
*Gestern **hat** Esteban Fußball **gespielt**.*
Antes Esteban no **jugaba** al fútbol. (= **pretérito imperfecto**)
*Früher **hat** Esteban nicht Fußball **gespielt**.*

¡Acuérdate!
Du kennst bereits die beiden Vergangenheitszeiten **pretérito indefinido** und **pretérito imperfecto**.

El miércoles **era** un día bonito. **Hacía** sol y Esteban **estaba** de buen humor.
*Der Mittwoch **war** ein schöner Tag. Die Sonne **schien** und Esteban **war** gut gelaunt.*

Um Zustände in der Vergangenheit zu beschreiben, verwendest du das **pretérito imperfecto**.
Häufige Zeitangaben: **antes**, **en aquella época**

Todas las tardes Esteban y sus amigos **jugaban** al voleibol en el parque.
*Jeden Nachmittag **spielten** Esteban und seine Freunde im Park Volleyball.*

Das **pretérito imperfecto** benutzt du auch, um sich wiederholende Handlungen (z. B. Gewohnheiten) in der Vergangenheit zu beschreiben.
Häufige Zeitangaben: **antes**, **todos los días**, **cada domingo**, **normalmente**, **siempre** etc.

Mientras unos **jugaban**, los otros **charlaban** o **escuchaban** música.
*Während die einen **spielten**, **plauderten** die anderen oder **hörten** Musik.*

Wenn zwei Handlungen parallel verlaufen, verwendest du ebenfalls das **pretérito imperfecto**.
Häufige Zeitangabe: **mientras**

Primero, Esteban **jugó** al voleibol y después **se sentó** para charlar con María.

*Zuerst **spielte** Esteban Volleyball und dann **setzte** er sich, um sich mit María zu unterhalten.*

Das **pretérito indefinido** brauchst du, um von einzelnen oder aufeinanderfolgenden Handlungen oder Ereignissen in der Vergangenheit zu erzählen.
Häufige Zeitangaben: **ayer**, **hace dos días**, **de repente**, **primero**, **luego**, **después**, **al final** etc.

Esteban y María **estaban** charlando y de repente **empezó** a llover.

*Esteban und María **unterhielten** sich gerade und plötzlich **fing es an** zu regnen.*

Manchmal werden beide Vergangenheitszeiten in einem Satz verwendet:
Es wird ein Zustand oder eine Handlung in der Vergangenheit beschrieben (**pretérito imperfecto**) und dann passiert etwas (**pretérito indefinido**).

El jueves **fueron** al cine porque **llovía**.

*Am Donnerstag **gingen** sie ins Kino, weil es **regnete**.*

Es findet eine Handlung statt (**pretérito indefinido**) und sie wird begründet oder erklärt (**pretérito imperfecto**).

¡!

Mit dem **pretérito imperfecto** antwortest du auf die Frage **¿Cómo era?** („Wie war etwas?").
Mit dem **pretérito indefinido** antwortest du auf die Frage **¿Qué pasó (después)?** („Was passierte (dann)?").

Elige el tiempo correcto (pretérito imperfecto / pretérito indefinido). ▶ Soluciones, p. 50

1. Ayer Alba **se despertaba / se despertó**, **se levantaba / se levantó** y después **desayunaba / desayunó**.
2. Cuando **era / fui** pequeño, mis amigos y yo **jugábamos / jugamos** en la calle todos los días.
3. El lunes **iba / fui** al instituto y de repente **me acordaba / me acordé** de los deberes.
4. Ayer Mario **hablaba / habló** con Marta porque **quería / quiso** entender su problema.
5. Esta mañana Pablo todavía **estaba / estuvo** muy tranquilo, pero antes del examen de Mates **se ponía / se puso** como un flan.

11 Die Stellung der Objektpronomen beim Infinitiv | La posición de los pronombres de complemento con el infinitvo ▶ U2/A, p. 33

Mis primos **me** dieron un regalo.
*Meine Cousins haben **mir** ein Geschenk gegeben.*
Te llamo mañana, ¿vale?
*Ich rufe **dich** morgen an, okay?*
Escríbe**nos** un mensaje, por favor.
*Schreibe **uns** bitte eine Nachricht.*

¡Acuérdate!
Du kennst schon die direkten und indirekten Objektpronomen **me, te, le/lo/la, nos, os, les/los/las.**

No sé si Alba está en casa. Es mejor llamar**la**.
*Ich weiß nicht, ob Alba zuhause ist. Es ist besser, **sie** anzurufen.*
¿Tienes tiempo para explicar**me** los deberes?
*Hast du Zeit, **mir** die Hausaufgaben zu erklären?*

Indirekte und direkte Objektpronomen werden direkt an den Infinitiv angehängt:

Infinitiv + **me** / **te** / **le / lo / la** / **nos** / **os** / **les / los / las**

Queremos visitar**os**. / **Os** queremos visitar.
*Wir wollen **euch** besuchen.*
¿Ana? Tengo que llamar**la**. / ¿Ana? **La** tengo que llamar.
*Ana? Ich muss **sie** anrufen.*
¿Puedes ayudar**nos**? / ¿**Nos** puedes ayudar?
*Kannst du **uns** helfen?*
¿Vais a ayudar**me**? / ¿**Me** vais a ayudar?
*Werdet ihr **mir** helfen?*

In Sätzen mit Modalverb und Infinitiv oder **ir a** + Infinitiv kannst du die Objektpronomen entweder an den Infinitiv anhängen oder vor das konjugierte Verb stellen.

Forma frases. Si hay dos opciones, escribe las dos. ▶ Soluciones, p. 50

1. Ahora / busco / las.
2. Es / difícil / saber / lo.
3. El / profe / quiere / ver / te.
4. Mañana / visito / la.
5. Esteban / no / escribe / les.
6. ¡Qué / bueno / ver / os!
7. Voy / a / mandar / lo.
8. Tenemos / que / comprar / los.

12 Zwei Objektpronomen bei einem Verb | Dos pronombres de complemento con un verbo ▶ U2/B, p. 37

Oye, tengo fotos bonitas de ti. ¿**Te las** mando?
*Hey, ich hab schöne Fotos von dir. Soll ich **sie dir** schicken?*
Esta bici es de Pablo. **Nos la** presta hasta el lunes.
*Das Fahrrad ist von Pablo. Er leiht **es uns** bis Montag.*

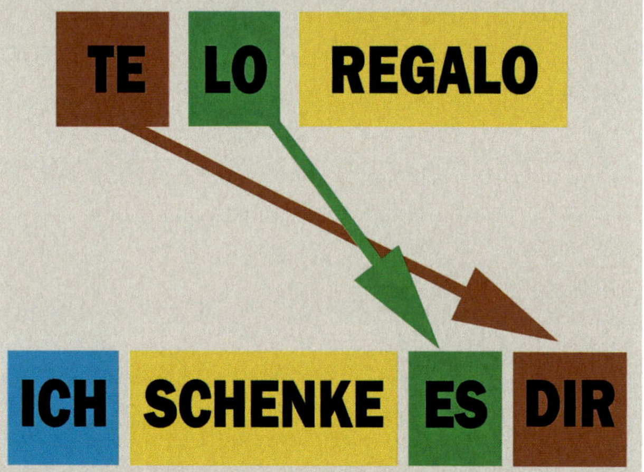

Stehen zwei Objektpronomen beim Verb, so steht das indirekte vor dem direkten Objektpronomen.

Im Deutschen ist es genau andersherum.

Si quieres decirme algo es mejor decír**melo** ya.
*Wenn du mir etwas sagen willst, ist es besser, **es mir** gleich zu sagen.*

Stehen zwei Objektpronomen bei einem Infinitiv, werden sie an diesen angehängt. Auch hier steht das indirekte vor dem direkten Objektpronomen.

No entiendo los deberes.
¿**Me los** puedes explicar? / ¿Puedes explicár**melos**?
*Ich verstehe die Hausaufgaben nicht. Kannst du **sie mir** erklären?*

In Sätzen mit Modalverb und Infinitiv oder **ir a** + Infinitiv können die beiden Objektpronomen auch vor dem konjugierten Verb stehen.

¡! Wenn du zwei Pronomen an einen Infinitiv anhängst, musst du auf der drittletzten Silbe ein Akzentzeichen setzen.

Alba no entiende los deberes.
¿**Se** las puedes explicar? / ¿Puedes explicár**se**las?
*Alba versteht die Hausaufgaben nicht. Kannst du sie **ihr** erklären?*

¡! Trifft **le** oder **les** auf ein anderes Objektpronomen, wird es zu **se**.

Sustituye los objetos subrayados por pronombres de complemento como en el ejemplo.
▶ Soluciones, p. 50
Ejemplo: Pablo me presta su bici. → Pablo me la presta.

1. Diego les mandó el mensaje.
2. Te digo todo lo que sé.
3. Lucía le escribe la postal.
4. El profesor nos explica bien los deberes.
5. Sus primos le dieron este regalo.
6. Mañana te traigo los libros.
7. Nosotros les preparamos el pastel.
8. Jorge os cuenta toda la historia.

13 Die Begleiter algún/ningún und die Pronomen alguno/ninguno | Los determinantes algún/ningún y los pronombres alguno/ninguno

▶ U2/B, p. 37

	männlich		weiblich	
Singular	**algún** *(irgend)ein* **ningún** *(gar) kein*	problema *Problem*	**alguna** *(irgend)eine* **ninguna** *(gar) keine*	cosa *Sache*
Plural	**algunos** *ein paar* –	problemas *Probleme*	**algunas** *ein paar* –	cosas *Sachen*

Der Begleiter **algún/alguna** entspricht dem deutschen „(irgend)ein" bzw. „(irgend)eine". Die Pluralform **algunos/algunas** bedeutet „ein paar" oder „einige". Sie stehen vor einem Substantiv und werden daran angepasst (männlich/weiblich, Singular/Plural).
Ningún/Ninguna bedeutet „gar kein/e" oder „überhaupt kein/e". Es wird ebenfalls an das Bezugswort angepasst.

> ¡! **Ningún/Ninguna** wird nur im Singular verwendet.

	männlich	weiblich
Singular	**alguno** *(irgend)einer* **ninguno** *(gar) keiner*	**alguna** *(irgend)eine* **ninguna** *(gar) keine*
Plural	**algunos** *ein paar* –	**algunas** *ein paar* –

–¿Conocéis los libros de Isabel Allende?
– Kennt ihr die Bücher von Isabel Allende?
–No, yo no conozco **ninguno**.
*– Nein, ich kenne **(gar) keins**.*
–Yo sí, conozco **algunos**, pero no todos.
*– Ich schon, ich kenne **ein paar**, aber nicht alle.*

Wird es als Pronomen verwendet (also ohne dabeistehendes Substantiv), lauten die männlichen Formen im Singular **alguno** und **ninguno**. Alle anderen Formen entsprechen denen der Begleiter. Auch hier benutzt man **ninguno/-a** nicht im Plural.

¿**Algún**, **alguna/s**, **alguno/s**, **ningún**, **ninguna** o **ninguno**? Completa con la forma correcta.
▶ Soluciones, p. 51
1. Hoy no tenemos que hacer [...] tarea del hogar.
2. ¿Tienes [...] examen esta semana?
3. Alba todavía no conoce a [...] de los chicos del grupo.
4. Si tienes [...] problema, te ayudo.
5. –¿Ves [...] serie en la tele? –No, no veo [...].
6. En casa tengo [...] cedés con música en español.

Hier kannst du überprüfen, was du in der Unidad 2 gelernt hast. Diese Aufgaben kannst du mithilfe des Webcodes Apu3GH unter www.cornelsen.de/webcodes herunterladen und ausfüllen.

1 Completa con la forma correcta.

[■] *zu viel/e, zu sehr, zu*
[▲] *gar kein/e*
[●] *irgendein/e, ein paar*

1. En el cine no ponen [▲] película interesante.
2. –No tengo [▲] boli. ¿Tú tienes uno?
   –Sí, mira, aquí tengo [●]. ¿Cuál quieres?
3. En esta playa hay [■] gente, y no hay [▲] chiringuito.
4. El fin de semana quiero hacer [●] cosa divertida. ¿Hay [●] fiesta?
5. –¿No tienes [▲] pelota aquí? –Pues no, en casa tengo [●], pero aquí no tengo [▲].
6. No puedo comprar [▲] de estas tabletas. Son [■] caras.

2 Completa con la forma correcta del pretérito indefinido o del pretérito imperfecto.

1. Cuando *(empezar)* a llover ya *(estar* / nosotros*)* en el camino.
2. Antes no *(haber)* internet y tampoco *(tener* / nosotros*)* teléfono en casa.
3. Normalmente las clases *(ser)* un poco aburridas, pero ese día *(hacer* / nosotros*)* algo divertido.
4. Ayer Esteban *(coger)* su mochila, *(salir)* del instituto y *(irse)* a casa.
5. Los chicos *(estar)* charlando en la cafetería cuando de repente *(entrar)* el profe.
6. Normalmente, mientras sus padres *(ver)* la tele Manuel *(hacer)* sus deberes.
7. Marisol ya *(estar)* en la cama cuando *(ver)* el mensaje de Marco.

3 Completa las respuestas con el infinitivo y el pronombre de complemento directo o indirecto.

Ejemplo: –Tienes que pasar la aspiradora. –No tengo ganas de pasarla.

1. –¿Por qué no limpias tu habitación? –Porque es mucho trabajo [...].
2. –Tienes que hacer los deberes. –Es que no puedo [...] porque no tengo el libro.
3. –Oye, ¿me ayudas un poco? –Vale, pero tengo que terminar los deberes antes de [...].
4. –¿Cuándo les escribes a tus abuelos? –Esta noche voy a [...].
5. –¿Nos ayudas, por favor? –Sí, ahora tengo tiempo para [...].
6. –¿Qué le vas a decir a Alba? –Pues, yo tampoco sé qué voy a [...].

4 Completa las frases con los pronombres de complemento en la posición correcta.

1. **Carlos:** Este cedé es genial. ¿[...] prestas [...]? (me + lo)
2. **David:** No, no [...] presto [...]. (lo + te)
3. **Carlos:** ¿Y estas revistas? [...] lees [...] siempre? (las)
4. **David:** No, [...] lee [...] mi hermano. (las)
5. **Carlos:** ¿Y estos libros sobre fútbol? No [...] conozco [...] todavía. (los)
6. **Carlos:** Creo que [...] gustan [...] a mi hermana. (le)
7. **David:** Si quieres [...] presto [...]. (le + los)

5 Forma frases. Sustituye los dos objetos por pronombres de complemento directo e indirecto.

Ejemplo: contar (él) / la historia / a sus amigos → Se la cuenta.

1. ¿(*prestar* / tú) / el libro / a mí?
2. ¿(*escribir* / vosotros) / la postal / a vuestra tía?
3. (*mandar* / ellos) / el paquete / a su nieto.
4. (*regalar* / yo) / los cedés / a ti.
5. (*explicar* / nosotros) / los deberes / a vosotros.
6. ¿(*traer* / tú) / las cosas / a mí?

14 Das presente de subjuntivo | El presente de subjuntivo ▶ U3 / ¡Acércate!, p. 52

Die „Normalform“ der Verben im Präsens, die du bisher kennst, nennt man **presente de indicativo**. Daneben gibt es auch das **presente de subjuntivo**, das du hier kennenlernst.
Den **subjuntivo** brauchst du z. B., um Wünsche, Hoffnungen, Absichten oder Gefühle auszudrücken. Der **subjuntivo** steht fast immer in Nebensätzen mit **que** („dass“). Im Deutschen gibt es dafür keine Entsprechung.

Lerne die „Auslöser“ des **subjuntivo** am besten auswendig. → Nr. 15, 16, 21, 25

	verbos en **-ar**	verbos en **-er/-ir**	
	hablar *sprechen*	**comer** *essen*	**vivir** *leben*
[yo]	hable	coma	viva
[tú]	hable**s**	coma**s**	viva**s**
[él/ella]	hable	coma	viva
[nosotros/-as]	habl**emos**	com**amos**	viv**amos**
[vosotros/-as]	habl**éis**	com**áis**	viv**áis**
[ellos/-as]	hable**n**	coma**n**	viva**n**

Im **subjuntivo** erhalten die Verben andere Endungen als im **indicativo**.
Die **subjuntivo**-Endungen lauten bei den Verben auf **-ar**: **-e**, **-es**, **-e**, **-emos**, **-éis**, **-en**.
Bei den Verben auf **-er** und **-ir** lauten sie:
-a, **-as**, **-a**, **-amos**, **-áis**, **-an**.

¡! Die Endungen der Verben im **subjuntivo** sind genau andersherum als im **indicativo**: Bei den Verben auf **-ar** steht in allen Endungen ein **-e-**.
Bei den Verben auf **-er** und **-ir** steht in allen Endungen ein **-a-**.

hacer: hag~~o~~ → haga, hag**as**, haga...
salir: salg~~o~~ → salga, salg**as**, salga...
venir: veng~~o~~ → venga, veng**as**, venga...
tener: teng~~o~~ → tenga, teng**as**, tenga...
poner: pong~~o~~ → ponga, pong**as**, ponga...
traer: traig~~o~~ → traiga, traig**as**, traiga...
caer: caig~~o~~ → caiga, caig**as**, caiga...
conocer: conozc~~o~~ → conozca, conozc**as**, conozca...
ver: ve~~o~~ → vea, ve**as**, vea...
reír: rí~~o~~ → ría, rí**as**, ría...

Das **presente de subjuntivo** leitet sich von der 1. Person Singular des **indicativo** ab: Das **-o** der Endung entfällt und stattdessen werden die **subjuntivo**-Endungen angehängt.

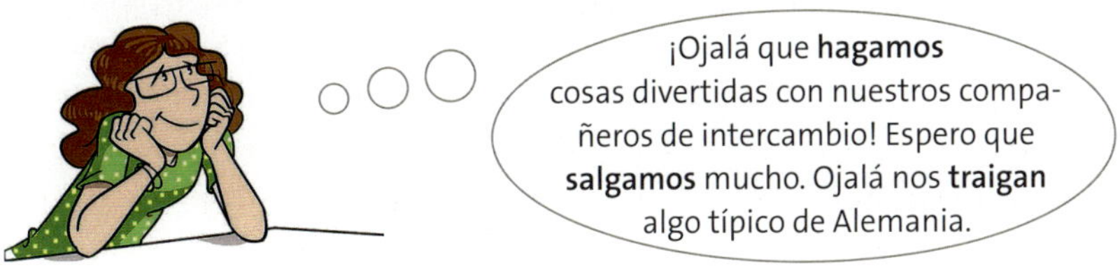

	e → ie	o → ue	e → i
	pensar *denken*	**contar** *erzählen*	**pedir** *bitten*
[yo]	piense	cuente	pida
[tú]	pienses	cuentes	pidas
[él/ella]	piense	cuente	pida
[nosotros/-as]	pensemos	contemos	pidamos
[vosotros/-as]	penséis	contéis	pidáis
[ellos/-as]	piensen	cuenten	pidan

Wenn es in der 1. Person Singular eine Stammvokaländerung **e → ie** oder **o → ue** gibt, ändert sich der Stammvokal beim Konjugieren im **subjuntivo** wie im **indicativo**.
Bei den Verben mit Vokalschwächung **e → i** ändert er sich im **subjuntivo** in allen Formen, also auch in der 1. und 2. Person Plural.

ser → sea, seas, sea, se**amos**, se**áis**, sea**n**
ir → vaya, vaya**s**, vaya, vaya**mos**, vay**áis**, vaya**n**
saber → sepa, sepa**s**, sepa, sep**amos**, sep**áis**, sepa**n**
haber → haya, haya**s**, haya, haya**mos**, hay**áis**, haya**n**

Im **subjuntivo** gibt es sechs unregelmäßige Verben: **ser**, **ir**, **saber**, **haber**, **estar** und **dar**.
Die Verben **ser**, **ir**, **saber** und **haber** haben einen unregelmäßigen Stamm, die Endungen sind aber regelmäßig.

estar → esté, estés, esté, estemos, estéis, estén
dar → dé, des, dé, demos, deis, den

Einige Formen von **estar** und **dar** tragen im **subjuntivo** Akzentzeichen.

Espero que no **haya** problemas.
*Ich hoffe, dass es keine Probleme **gibt**.*

¡! Die Verbform **hay** wird im **subjuntivo** zu **haya**.

-zar: **cruzar** → cruce, cruces, cruce...
-car: **buscar** → busque, busques, busque...
-gar: **llegar** → llegue, llegues, llegue...
-ger: **coger** → coja, cojas, coja...
-gir: **corregir** → corrija, corrijas, corrija...

¡! Bei Verben, die auf **-zar**, **-car**, **-gar**, **-ger** oder **-gir** enden, wird die Schreibweise der Aussprache angepasst.

Forma el presente de subjuntivo. ▶ Soluciones, p. 51

1. tomo **2.** eres **3.** comemos **4.** va **5.** hacéis **6.** viven **7.** buscas **8.** escribes **9.** vienen **10.** está **11.** digo **12.** habláis **13.** cogemos **14.** aprende **15.** ponemos

15 Das presente de subjuntivo bei Wünschen, Zielen und Absichten | El presente de subjuntivo con deseos, objetivos e intenciones ▶ U3 / ¡Acércate!, p. 52

Quiero que **hagas** tus deberes.
*Ich will, dass du deine Hausaufgaben **machst**.*
Prefiero que Juan no **venga** a mi fiesta.
*Ich will lieber, dass Juan nicht zu meiner Party **kommt**.*
Le voy a pedir a Silvia que te **llame**.
*Ich werde Silvia bitten, dass sie dich **anruft**.*

Wünsche und Hoffnungen drückst du auf Spanisch so aus:

esperar *querer* *preferir* *pedir*	que	+ **subjuntivo**
ojalá	(que)	

3

Ojalá Silvia esté bien. / **Ojalá que** Silvia esté bien.
***Hoffentlich** geht es Silvia gut.*

¡! **Ojalá** kann mit oder ohne **que** stehen.

Absichten und Ziele drückst du mit **para que** + **subjuntivo** aus. Es entspricht dem deutschen „damit".

¿Cómo lo dices en español? ▶ Soluciones, p. 51

1. *Meine Tante will, dass ich ihr eine Postkarte schicke.*
2. *Sie bittet mich immer darum, dass ich ihr schreibe.*
3. *Mein Vater gibt mir Geld, damit ich mir Kleidung kaufe.*
4. *Ich hoffe, dass ihr zu meiner Party kommen könnt.*

16 Das presente de subjuntivo bei Gefühlen | El presente de subjuntivo con sentimientos ▶ U3 / A, p. 55, U3 / B, p. 59

A Alicia le sorprende que Alejandro le **regale** algo.
Alicia überrascht es, dass Alejandro ihr etwas ***schenkt.***
Nos fastidia que **haya** tanta basura en los parques.
Es stört uns, dass in den Parks so viel Müll ***rumliegt.***
¿Por qué te da corte que te **veamos** bailar?
Warum ist es dir peinlich, dass wir dich tanzen ***sehen?***

Gefühle wie Freude, Angst oder Ärger drückst du auf Spanisch so aus:

me	gusta		
te	encanta		
le	molesta		
nos	fastidia	que	+ **subjuntivo**
os	da corte		
les	sorprende		
tener miedo de			

No les molesta **estudiar**. (~~No les molesta que estudien.~~)
Es stört sie nicht ***zu lernen.***

¡! Wenn das Subjekt das gleiche wie im Hauptsatz ist, bildet man keinen Nebensatz mit **que + subjuntivo**. In diesem Fall verwendet man den Infinitiv.

Completa con las formas correctas del presente des subjuntivo o con el infinitivo. ▶ Soluciones, p. 51

1. Me encanta que (*estar* / vosotros) aquí.
2. Me molesta que mi hermana siempre me (*preguntar*) tantas cosas.
3. Tenemos miedo de que el examen (*ser*) difícil.
4. A Alfonso le gusta que hoy no (*haber*) clases.
5. Nos da un poco de corte (*hablar*) español.
6. ¿Te sorprende que Alejandro (*salir*) con Alicia?

17 Konstruktionen mit Infinitiv | Construcciones con infinitivo ▶ U3 / A, p. 55, U3 / B, p. 59

Ernesto no **para de** hablar.
*Ernesto **hört** nicht **auf** zu reden.*
¿Por qué no ***dejas de*** comer tantas golosinas?
*Warum **lässt** du es nicht **sein**, so viele Süßigkeiten zu essen?*
Se echaron a reír.
***Sie fingen an** zu lachen. / Sie brachen in Gelächter aus.*
Acabo de comer.
***Ich habe gerade** gegessen.*

¡Acuérdate!
Du kennst schon einige Wendungen, die aus einem Verb, einer Präposition und einem Infinitiv bestehen, z. B.:
- **parar de** + Infinitiv („aufhören, etwas zu tun")
- **dejar de** + Infinitiv („etwas seinlassen" / „aufhören, etwas zu tun")
- **echarse a** + Infinitiv („plötzlich anfangen, etwas zu tun")
- **acabar de** + Infinitiv („etwas gerade getan haben")

Ponerse a, **llegar a** sowie **volver a** sind weitere Verben, die zusammen mit einem Infinitiv stehen.

¡! Denke bei diesen Konstruktionen an die Präsposition **a**.

¡Deja de ver la tele y **ponte a** estudiar!
*Hör auf fernzusehen und **fang an** zu lernen!*

Ponerse a + Infinitiv entspricht „anfangen/ beginnen, etwas zu tun".

¿**Llegaste a** encontrarte con Silvia cuando estuviste en Madrid?
*Bist du **dazu gekommen**, dich mit Silvia zu treffen, als du in Madrid warst?*

Llegar a + Infinitiv bedeutet in etwa „dazu kommen, etwas zu tun" oder „es schaffen, etwas zu tun".

¿Cuándo te **vuelvo a** ver?
*Wann sehe ich dich **wieder**?*

Volver a + Infinitiv bedeutet „etwas wieder / noch einmal tun".

¿Cómo lo dices en español? ▶ Soluciones, p. 51
1. *Die Eltern gehen wieder hinaus.*
2. *David fängt an zu schreiben.*
3. *Die Mannschaft schafft es, das Spiel zu gewinnen.*
4. *Wir fragen noch einmal.*
5. *Wir beginnen, das Zimmer aufzuräumen.*

18 Konstruktionen mit gerundio | Construcciones con gerundio ▶ U3 / B, p. 59

habl**ar** → habl**ando**
com**er** → com**iendo**
escrib**ir** → escrib**iendo**

ir → **yendo**
leer → le**y**endo
dormir → d**u**rmiendo

pedir → p**i**diendo
decir → d**i**ciendo

¡Acuérdate!
Du kennst schon **estar** + **gerundio**, um auszudrücken, was jemand gerade tut.
So bildest du das **gerundio**:
– Verben auf **-ar**: Verbstamm + **-ando**
– Verben auf **-er/-ir**: Verbstamm + **-iendo**
Denke daran, dass es auch im **gerundio** einige unregelmäßige Formen gibt.
Bei den Verben mit Vokalschwächung **e** → **i** ändert sich der Stammvokal auch beim **gerundio**.

Man gebraucht das **gerundio** auch häufig mit den Verben **llevar**, **pasar** und **seguir**.

Alejandro **lleva** dos horas **leyendo**.
*Alejandro **liest** schon **seit** zwei Stunden.*

Llevar + Zeitangabe + **gerundio** bedeutet „etwas schon seit + *Zeitangabe* tun“.

Alejandro **pasa** toda la tarde **leyendo**.
*Alejandro **verbringt** den ganzen Nachmittag **damit, zu lesen**.*

Pasar + Zeitangabe + **gerundio** entspricht im Deutschen „*Zeitangabe* damit verbringen, etwas zu tun“.

David quiere quedar con él, pero Alejandro prefiere **seguir leyendo**.
*David will sich mit ihm verabreden, aber Alejandro will lieber **weiterlesen**.*

Seguir + **gerundio** bedeutet „etwas weiter tun“.

¿Cómo lo dices en español? ▶ Soluciones, p. 51
1. *Silvia schläft gerade.*
2. *Silvia schläft seit einer Stunde.*
3. *Silvia schläft weiter.*
4. *Silvia verbringt den Tag damit, zu schlafen.*

Hier kannst du überprüfen, was du in der Unidad 3 gelernt hast. Diese Aufgaben kannst du mithilfe des Webcodes Apu3GH unter www.cornelsen.de/webcodes herunterladen und ausfüllen.

1 Forma el presente de subjuntivo.

1. *contar* [nosotras] **4.** *poder* [yo] **7.** *cruzar* [yo] **10.** *comer* [ellos] **13.** *saber* [ellas]
2. *estar* [vosotros] **5.** *salir* [ellos] **8.** *ser* [ella] **11.** *llegar* [yo] **14.** *poner* [nosotros]
3. *ir* [ella] **6.** *dar* [tú] **9.** *decir* [vosotras] **12.** *entender* [tú] **15.** *vivir* [yo]

2 Completa las frases en español.

1. Me molesta *(dass du mir nicht schreibst)*.
2. Nos encanta *(dass unsere Freunde morgen kommen)*.
3. Pablo tiene miedo de *(dass seine Eltern ihn nicht auf die Party gehen lassen)*.
4. Espero *(dass die Party lustig ist)*.
5. A mis abuelos les gusta *(dass wir sie besuchen)*.
6. Al profesor le fastidia *(dass wir zu spät ankommen)*.
7. Quiero *(dass meine Freunde mich verstehen)*.
8. Mis padres piden *(dass ich um neun zuhause bin)*.

3

3 Elige la forma verbal correcta (indicativo o subjuntivo).

1. Preguntamos al profe qué **tenemos / tengamos** que estudiar para el examen.
2. Me molesta que mi hermana **habla / hable** mucho.
3. Pablo está en una fiesta que **es / sea** muy divertida.
4. Mis padres no quieren que **salgo / salga** después de las nueve.
5. Me fastidia que **tenemos / tengamos** tantos exámenes.
6. Tengo una amiga que **habla / hable** mucho.
7. Esperamos que nuestra fiesta no **es / sea** aburrida.
8. María no quiere salir con los chicos que **están / estén** en su clase.

4 Formula frases con volver a / llegar a / ponerse a + infinitivo.

1. Teresa (*volver*) a llamar a su tía.
2. No (*llegar* / yo) a entenderlo.
3. Rafa (*ponerse*) a estudiar para el examen.
4. Ana y Lili (*ponerse*) a discutir.
5. Un día después, Silvia y Paco (*volver*) a encontrarse.
6. ¿Tú siempre (*llegar*) a hacer todos los deberes?
7. ¿Por qué no (*volver* / tú) a intentarlo?

5 Formula frases con llevar/pasar/seguir + gerundio.

1. Tarek (*llevar*) tres horas (*ver*) la tele.
2. Marisol (*pasar*) toda la tarde (*leer*).
3. Los amigos (*seguir*) (*charlar*).
4. Mi tía (*llevar*) dos años (*estudiar*) alemán.
5. Los chicos (*pasar*) el recreo (*jugar*) al baloncesto.
6. ¿(*Seguir* / nosotros) (*jugar*)?
7. Paco (*llevar*) una hora (*esperar*) a Silvia.

19 Die Relativpronomen el que / la que mit Präposition | Los pronombres relativos el que / la que con preposición ▶ U4 / ¡Acércate!, p. 72

Tengo un amigo **que** vive en Argentina.
*Ich habe einen Freund, **der** in Argentinien wohnt.*
Siempre voy a una plaza **donde** hay un medio tubo.
*Ich gehe immer auf einen Platz, **wo** es eine Halfpipe gibt.*

¡Acuérdate!
Du kannst schon Relativsätze mit den Relativpronomen **que** und **donde** bilden. Mit ihnen kannst du Personen, Dinge, Orte und Sachverhalte genauer beschreiben.

Esa es la heladería **en la que** trabaja mi prima.
*Das ist die Eisdiele, **in der** meine Cousine arbeitet.*
Este es el chico **del que** te conté ayer.
*Das ist der Junge, **von dem** ich dir gestern erzählt habe.*

Relativsätze mit Präposition leitest du so ein:

Präposition	Artikel	Relativpronomen
de a con en ...	el la los las	que

Denke daran, dass du **de + el** und **a + el** immer zu **del** bzw. **al** zusammenziehen musst.

Une las frases utilizando una oración relativa. ▶ Soluciones, p. 52
Ejemplo: Esa es la cafetería. Siempre voy allí. → Esa es la cafetería a la que siempre voy.
1. Javi y Bea son mis amigos. Siempre juego al fútbol con Javi y Bea.
2. Buenos Aires es una ciudad. En la ciudad puedes ver muchas cosas interesantes.
3. Allí está el bar. Vamos al bar.
4. Susana es una chica de mi clase. No la conozco muy bien.
5. Esa es la película. Carmen nos contó ayer de esa película.

20 Die Adverbien auf -mente | Los adverbios en -mente ▶ U4 / ¡Acércate!, p. 72

En mi tiempo libre dibujo **mucho**.
*In meiner Freizeit zeichne ich **viel**.*
Estos zapatos son **demasiado** grandes para mí.
*Diese Schuhe sind **zu** groß für mich.*

¡Acuérdate!
Du kennst schon einige Adverbien, z. B. **bien**, **mal**, **mucho**, **poco**, **bastante** und **demasiado**. Anders als Adjektive haben Adverbien immer die gleiche Form. Sie werden also nicht an ihr Bezugswort angepasst.

Adjektiv	Adverb
En la fiesta, los amigos están muy **alegres**. *Auf der Party sind die Freunde sehr **fröhlich**.*	Todos charlan y bailan **alegremente**. *Sie unterhalten sich und tanzen **fröhlich**.*
Esta casa es **enorme**. *Dieses Haus ist **riesig**.*	Seguro que también es **enormemente** cara. *Sicher ist es auch **enorm** teuer.*
Hoy es un día **especial**. *Heute ist ein **besonderer** Tag.*	Lo vamos a pasar **especialmente** bien. *Wir werden ihn **besonders** schön verbringen.*

Mit der Endung **-mente** kannst du aus vielen Adjektiven Adverbien bilden.

Adjektive beziehen sich auf Substantive. Adverbien können sich auf ein Verb, ein Adjektiv oder ein anderes Adverb beziehen. Im Deutschen haben Adverbien keine besondere Form, aber du kennst die Unterscheidung aus dem Englischen:
Peter is happy. → Peter smiles happi**ly**.

rápido/-a → rápida**mente**
triste → triste**mente**
normal → normal**mente**

Bei den Adjektiven auf **-o**/**-a** wird die Endung **-mente** an die weibliche Form angehängt. Bei allen anderen Adjektiven kannst du einfach die Endung **-mente** anhängen.

Ana canta **bien**.
*Ana singt **gut**.*
Laura y Linus cantan **mal**.
*Laura und Linus singen **schlecht**.*

Die Adverbien von **bueno**/**-a** und **malo**/**-a** sind unregelmäßig und lauten **bien** bzw. **mal**.

Completa con el adverbio correspondiente. ▶ Soluciones, p. 52

1. Voy a hablar *(schnell)* con Ana y después te llamo.
2. Este regalo es *(besonders)* bonito.
3. Yo hablo *(schlecht)* inglés, pero Ana lo habla *(perfekt)*.
4. *(Normalerweise)* me levanto a las siete.
5. ¿Dónde estás *(genau)*?
6. Julio se deja convencer muy *(leicht)*.

21 Das presente de subjuntivo bei Zweifeln | El presente de subjuntivo con dudas ▶ U4/A, p. 75

Espero que **estés** bien.
Ich hoffe, dass es dir gut geht.
Tengo un regalo para ti para que no me **olvides**.
Ich habe ein Geschenk für dich, damit du mich nicht vergisst.
Me encanta que **vengas** a visitarme.
Ich freue mich, dass du mich besuchen kommst.

¡Acuérdate!
Du weißt schon, wie das **presente de subjuntivo** gebildet wird und dass es z. B. nach Ausdrücken von Wünschen, Absichten und Gefühlen mit **que** verwendet wird (→ Nr. 14–16).

No creo que **viajemos** a Argentina este año.
*Ich glaube nicht, dass wir dieses Jahr nach Argentinien **reisen**.*
No pienso que Carmen **tenga** razón.
*Ich denke nicht, dass Carmen Recht **hat**.*
No estoy segura de que **pueda** ir a tu fiesta.
*Ich bin nicht sicher, ob ich zu deiner Party kommen **kann**.*
Carmen duda que sus padres la **dejen** ir a la fiesta.
*Carmen bezweifelt, dass ihre Eltern sie zu der Party gehen **lassen**.*

Zweifel und Unsicherheit drückst du auf Spanisch so aus:

No creo que... *Ich glaube nicht, dass ...* No pienso que... *Ich denke nicht, dass ...* No estoy seguro/-a de que... *Ich bin nicht sicher, ob ...* Dudo que... *Ich bezweifle, dass ...*	+ **subjuntivo**

Creo que este año **viajamos** a Argentina.
*Ich glaube, dass wir dieses Jahr nach Argentinien **reisen**.*
Pienso que Carmen **tiene** razón.
*Ich denke, dass Carmen Recht **hat**.*
Estoy seguro de que **puedo** ir a tu fiesta.
*Ich bin sicher, dass ich zu deiner Party kommen **kann**.*
Carmen no duda que sus padres la **dejan** ir a la fiesta.
*Carmen bezweifelt nicht, dass ihre Eltern sie zu der Party gehen **lassen**.*

¡! Im Gegensatz dazu steht nach Ausdrücken der Gewissheit und des Glaubens das **presente de indicativo**.

Elige el indicativo o el subjuntivo. ▶ Soluciones, p. 52

1. No pienso que **puedo / pueda** ir al instituto mañana.
2. Estoy seguro de que mi amigo **llega / llegue** tarde como siempre.
3. Mi madre piensa que **estamos / estemos** en el parque.
4. Los chicos dudan que **tienen / tengan** suficiente dinero para el cine.
5. Carmen no cree que el examen de Mates **es / sea** fácil.
6. No estoy seguro de que mañana **hace / haga** buen tiempo.
7. Creemos que Argentina **es / sea** un país muy bonito.
8. No dudamos que la comida argentina nos **gusta / guste**.
9. Creo que Lautaro no **vive / viva** en Buenos Aires.
10. Estoy segura de que el abuelo de Lautaro **toca / toque** muy bien la guitarra.

22 Der Gebrauch von Adjektiven mit ser oder estar | El uso de adjetivos con ser o estar ▶ U4/A, p. 75

Eres muy inteligente.
***Du bist** sehr intelligent.*
La camiseta **es** roja.
*Das T-Shirt **ist** rot.*
Estoy cansado y un poco nervioso.
***Ich bin** müde und etwas nervös.*
La puerta **está** abierta.
*Die Tür **ist** offen.*

¡Acuérdate!
Du weißt schon, dass man die meisten Adjektive mit **ser** und einige mit **estar** gebraucht.
Ser verwendest du meist mit Adjektiven, die dauerhafte Eigenschaften beschreiben.
Estar verwendest du meist mit Adjektiven, die veränderliche Zustände beschreiben.

Lucía no **es** rica.
*Lucía **ist** nicht reich.*

Esta empanada **está** muy rica.
*Diese Empanada **ist** sehr lecker.*

Carmen **es** muy lista.
*Carmen **ist** sehr schlau.*

Carmen todavía no **está** lista.
*Carmen **ist** noch nicht fertig.*

Einige Adjektive kannst du sowohl mit **ser** als auch mit **estar** verwenden. In einigen Fällen ändert sich die Bedeutung, je nachdem, ob das Adjektiv mit **ser** oder mit **estar** steht, z. B.:

ser rico/-a = „reich sein"
estar rico/-a = „lecker sein"
ser listo/-a = „schlau sein"
estar listo/-a = „fertig/bereit sein"
ser malo/-a = „schlecht/böse/gemein sein"
estar malo/-a = „krank/verdorben sein"

4

Raúl **es** malo en voleibol.
*Raúl **ist** schlecht in Volleyball.*

Drácula **es** malo.
*Dracula **ist** böse.*

La leche **está** mala.
*Die Milch **ist** schlecht/verdorben.*

Ella **está** mala.
*Sie **ist** krank.*

¿Cómo lo dices en alemán? ▶ Soluciones, p. 52

1. Estoy listo... ¿Vamos?
2. Lautaro es malo en Mates.
3. ¡Qué lista eres!
4. ¿Estás mala?
5. Mi familia no es muy rica.
6. El zumo está malo.
7. ¡La paella está muy rica!
8. El libro que estoy leyendo es malo.

23 Der Komparativ und der Superlativ der Adverbien | El comparativo y el superlativo de los adverbios

▶ U4 /A, p. 75

El libro es **más interesante que** la película.
*Das Buch ist **interessanter als** der Film.*
La bici es **menos cara que** el ordenador.
*Das Fahrrad ist **weniger teuer als** der Computer.*
Julia es **tan alta como** Sofía.
*Julia ist **so groß wie** Sofía.*
¡Esta es **la** película **más divertida** del mundo!
*Das ist **der lustigste** Film der Welt!*

¡Acuérdate!
Du kennst schon den Komparativ und den Superlativ der Adjektive. Mit dem Komparativ vergleichst du etwas („so teuer wie", „schneller als" etc.). Der Superlativ ist die höchste Steigerungsform des Adjektivs („der lustigste Film", „die interessanteste Stadt" etc.).
Bueno/-a und **malo/-a** haben Sonderformen: **mejor** („besser") und **peor** („schlechter").

En bus llegas **más rápidamente que** en bici.
*Mit dem Bus kommst du **schneller** an **als** mit dem Rad.*
Carmen aprende **menos rápidamente que** Eva.
*Carmen lernt **weniger schnell als** Eva.*
Emilia canta **tan bien como** Eva.
*Emilia singt (genau) **so gut wie** Eva.*

Den Komparativ (= die Vergleichsform) der Adverbien bildest du genauso wie bei den Adjektiven:

más **menos**	+ Adverb	**que**
tan	+ Adverb	**como**

Raúl estudia **tanto como** yo.
*Raúl lernt (genau) **so viel wie** ich.*
Eva ama pizza **tanto como** tú.
*Eva liebt Pizza (genau) **so sehr wie** du.*

Wenn du „(genau) so viel wie" oder „(genau) so sehr wie" sagen willst, benutzt du **tanto como**.

Raúl dibuja **mejor que** Emilia.
*Raúl zeichnet **besser als** Emilia.*
Emilia dibuja **peor que** Raúl.
*Emilia zeichnet **schlechter als** Raúl.*

Auch bei Adverbien wird „besser" immer mit **mejor** ausgedrückt und „schlechter" immer mit **peor**.

Eva es **la que más rápidamente** corre.
*Eva ist **diejenige, die am schnellsten** läuft. (= Eva läuft **am schnellsten.**)*
En mi familia, mi padre es **el que** se levanta **más temprano.**
*In meiner Familie steht mein Vater **am frühesten** auf.*

Der Superlativ der Adverbien wird mithilfe eines Relativsatzes gebildet:

el/la que	**más** **menos**	+ Adverb	[...]

De toda la clase, Raúl es **el que mejor** dibuja.
*Von der ganzen Klasse ist Raúl **derjenige, der am besten** zeichnet. (= Von der ganzen Klasse zeichnet Raúl **am besten.**)*
Y **la que peor** dibuja es Emilia.
*Und **diejenige, die am schlechtesten** zeichnet, ist Emilia. (= Emilia zeichnet **am schlechtesten.**)*

Mit **mejor** und **peor** bildest du den Superlativ so:

el/la que	**mejor** **peor**	[...]

¿Cómo lo dices en español? Completa las frases. ▶ Soluciones, p. 52

1. Carmen canta *(besser als)* Daniela.
2. En el pueblo vivimos *(ruhiger als)* en la ciudad.
3. En un pueblo te pierdes *(weniger leicht als)* en una ciudad grande.
4. Hoy me siento *(schlechter als)* ayer.
5. Eva dibuja *(genau so gut wie)* Carmen.
6. Diego canta *(am besten)*.

24 Die Verkleinerungsformen auf -ito/-ita, -cito/-cita | El diminutivo con -ito/-ita, -cito/-cita

▶ U4 / B, p. 79

Verkleinerungsformen werden im Spanischen viel häufiger verwendet als im Deutschen. Das gilt ganz besonders in Lateinamerika.
Im Spanischen kann man nicht nur Substantive (z. B. **gato** → **gatito**), sondern auch Adjektive (z. B. **pequeño/-a** → **pequeñito/-a**) und adverbiale Angaben (z. B. **ahora** → **ahorita**) „verkleinern". Das wirkt dann netter und liebevoller.

el pobre → el pobre**cito**
la joven → la joven**cita**

Bei Wörtern, die auf **-e**, **-n** oder **-r** enden, hängst du die Endung **-cito** bzw. **-cita** an.

el papel → el papel**ito**
el abuel~~o~~ → el abuel**ito**
la cas~~a~~ → la cas**ita**

Bei Wörtern, die nicht auf **-e**, **-n** oder **-r** enden, bildest du die Verkleinerungsform mit der Endung **-ito** bzw. **-ita**.
Die Endung **-o**/**-a** entfällt.

poco/-a → po**qu**ito/-a
el amigo → el ami**gu**ito
el lápi**z** → el lapi**c**ito

¡! In manchen Fällen musst du die Rechtschreibung der Aussprache anpassen.

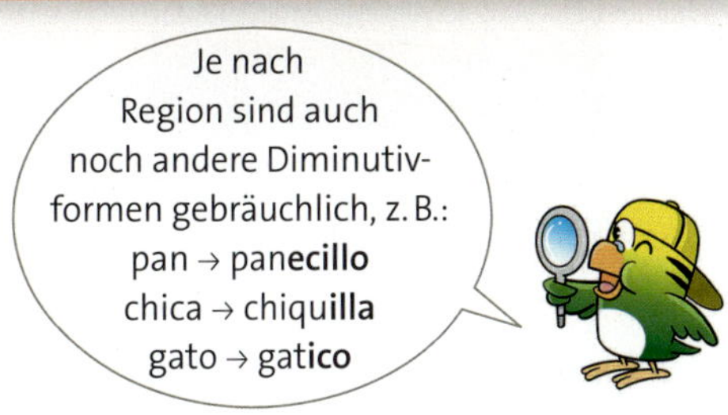

Forma el diminutivo. ▶ Soluciones, p. 53

1. el lago	3. el resto	5. el minuto	7. la amiga
2. el perro	4. la bolsa	6. el árbol	8. ahora

25 Das presente de subjuntivo bei unpersönlichen Ausdrücken | El presente de subjuntivo con expresiones impersonales ▶ U4/B, p. 79

Es importante que mañana no **lleguéis** tarde.
*Es ist wichtig, dass ihr morgen nicht zu spät **kommt**.*
Es necesario que **estudies** para el examen.
*Es ist notwendig, dass du für die Prüfung **lernst**.*
Es normal que al principio no **entiendas** todo.
*Es ist normal, dass du am Anfang nicht alles **verstehst**.*
Es posible que **terminemos** la clase un poco antes.
*Es ist möglich, dass wir den Unterricht etwas früher **beenden**.*

Nach unpersönlichen Ausdrücken nach dem Modell **es** + Adjektiv + **que** verwendest du den **subjuntivo**.

Es *Es ist*	importante *wichtig* necesario *notwendig* normal *normal* posible *möglich* probable *wahrscheinlich* justo *gerecht* fundamental *grundlegend* ...	que *dass*	+ **subjuntivo**

Para la familia es importante que Lautaro **ayude** en la chacra.
*Für die Familie ist es wichtig, dass Lautaro auf dem Gut **hilft**.*

Completa las frases y utiliza el presente de subjuntivo. ▶ Soluciones, p. 53

1. *(Es ist möglich, dass)* Carmen no *(venir)* hoy.
2. *(Es ist wichtig, dass) (hacer /* vosotros*)* los deberes.
3. *(Es ist nicht gerecht, dass) (tener /* nosotros*)* que estudiar el fin de semana.
4. *(Es ist normal, dass) (estar /* ellos*)* cansados.

26 Der Gebrauch von poder und saber | El uso de poder y saber ▶ U4/B, p. 79

–¿**Sabes** hablar inglés? –Sí, lo estudio en el instituto.
*– **Kannst** du Englisch sprechen? – Ja, ich lerne es in der Schule.*
–¿**Puedo** hablar contigo? –Claro, ¿qué hay?
*– **Kann** ich mit dir sprechen? – Klar, was gibt's?*
–¿**Sabes** hacer paella?
*– **Kannst** du Paella kochen? / Weißt du, wie man Paella macht?*
–Sí, pero ahora no **puedo** hacer una paella porque no tengo tiempo.
*– Ja, aber jetzt **kann** ich gerade keine Paella machen, weil ich keine Zeit habe.*

Das deutsche Verb „können" kann im Spanischen mit **poder** oder mit **saber** wiedergegeben werden.
Saber verwendet man für erlernte Fähigkeiten.
Mit **poder** drückst du ganz allgemein aus, dass jemand etwas im Moment (nicht) tun kann.

Adriana no **puede** escribir.
*Adriana **kann** (gerade) nicht schreiben.*

Laura todavía no **sabe** escribir.
*Laura **kann** noch nicht schreiben.*

Elige **poder** o **saber**. ▶ Soluciones, p. 53

1. ¿**Puedes / Sabes** venir a mi casa el sábado?
2. ¿**Puedes / Sabes** llegar a mi casa? Si no, te explico el camino.
3. Lautaro no **puede / sabe** ir al instituto porque está enfermo.
4. Mis hermanitos todavía no **pueden / saben** leer.
5. Eva **puede / sabe** cantar muy bien, pero ahora no **puede / sabe** cantar porque en su casa todos están durmiendo.
6. Los padres de Lautaro no **pueden / saben** comprar una bicicleta para él y su hermana.
7. No te **podemos / sabemos** ayudar. Es que no tenemos tiempo.
8. No **puedo / sé** quedar contigo hoy.

Hier kannst du überprüfen, was du in der Unidad 4 gelernt hast. Diese Aufgaben kannst du mithilfe des Webcodes Apu3GH unter www.cornelsen.de/webcodes herunterladen und ausfüllen.

1 Completa las frases. Utiliza el que / la que con preposición.

1. Buenos Aires es una ciudad (*in der es viele Denkmäler gibt*).
2. Daniel es el chico (*mit dem ich immer Mate trinke*).
3. Esta es la chica (*von der Carmen viel erzählt*).
4. Mañana es la excursión (*für die ich neue Schuhe brauche*).
5. Manuela es una chica (*die ich nicht sehr gut kenne*).
6. El Parque 3 de Febrero es un parque en Buenos Aires (*in dem es einen großen Teich gibt*).

2 Elige el adjetivo o el adverbio.

1. Hoy va a ser un día **tranquilo / tranquilamente**.
2. Vamos a pasar el día **tranquilo / tranquilamente** en el parque.
3. La Avenida 9 de Julio en Buenos Aires es una calle **enorme / enormemente**.
4. La Puerta del Sol en Madrid es **enorme / enormemente** famosa.
5. Mi hermana canta muy **bueno / bien**.
6. El pastel es muy **bueno / bien**.
7. Lautaro es un chico **especial / especialmente**.
8. Bailas **especial / especialmente** bien.

3 Completa con las formas correctas del presente de indicativo o del presente de subjuntivo.

1. Mis padres dudan que (*tener* / ellos) tiempo para hacer una excursión mañana.
2. ¿Estáis seguros de que mañana (*ir*) a hacer sol?
3. No creemos que esta mochila (*ser*) de Carmen.
4. Es justo que (*recibir* / tú) tanta paga como tu hermano.
5. Los chicos no creen que su equipo favorito (*ganar*) el partido.
6. Estoy seguro de que el profe no (*corregir*) los exámenes antes del fin de semana.
7. Mi abuela cree que mi tía (*venir*) a visitarnos el sábado.
8. No es muy probable que (*llover*) hoy.
9. Mis padres piensan que (*cantar* / yo) muy bien.
10. Es importante para mí que (*venir* / tú) a mi fiesta.

4 ¿Como lo dices en español?

1. *Der Mate ist lecker.*
2. *Carmen und Lautaro sind ziemlich schlau.*
3. *Lautaros Eltern sind nicht sehr reich.*
4. *Carmen, bist du fertig?*
5. *Eva ist nicht schlecht in Fußball.*
6. *Diese Empanada ist verdorben.*

5 Completa con la forma correcta de poder o saber.

1. Max todavía no [...] hablar muy bien español. No lleva mucho tiempo en España.
2. Daniel [...] preparar pasteles geniales, pero no [...] preparar el pastel para Eva porque no tiene harina.
3. Mi hermanito todavía no [...] escribir pero ya [...] hablar.
4. Lo siento, ahora yo no te lo [...] contar porque los otros están escuchando.
5. Yo no [...] llegar a tu casa porque no conozco el camino.

27 Der verneinte Imperativ | El imperativo negativo ▶ M4, p. 92

¡No **bebas** mi zumo!
Trink meinen Saft nicht!
¡No **comáis** mis galletas!
Esst meine Kekse nicht!
¡No te **preocupes**!
Mach dir keine Sorgen!

Den verneinten Imperativ brauchst du, um jemandem zu sagen, dass er/sie etwas nicht tun soll. Die Formen des verneinten Imperativs entsprechen den Formen des **presente de subjuntivo** (→ Nr. 14).

bejahter Imperativ	verneinter Imperativ
¡Llama a Ana! *Ruf Ana an!* ¡Pon la mesa! *Deck den Tisch!* ¡Haz tus deberes! *Mach deine Hausaufgaben!*	¡**No llames** a Ana! ***Ruf** Ana **nicht an**!* ¡**No pongas** la mesa! ***Deck** den Tisch **nicht**!* ¡**No hagas** tus deberes! ***Mach** deine Hausaufgaben **nicht**!*

Wenn sich die Aufforderung an eine einzelne Person richtet, verwendest du **no** und die 2. Person Singular des **presente de subjuntivo**.

bejahter Imperativ	verneinter Imperativ
¡Llamad a Ana! *Ruft Ana an!* ¡Poned la mesa! *Deckt den Tisch!* ¡Haced los deberes! *Macht die Hausaufgaben!*	¡**No llaméis** a Ana! ***Ruft** Ana **nicht an**!* ¡**No pongáis** la mesa! ***Deckt** den Tisch **nicht**!* ¡**No hagáis** los deberes! ***Macht** die Hausaufgaben **nicht**!*

Wenn du mehrere Personen aufforderst, etwas nicht zu tun, verwendest du **no** und die 2. Person Plural des **presente de subjuntivo**.

¡! Denke beim Schreiben an den Akzent bei den **subjuntivo**-Formen in der 2. Person Plural.

bejahter Imperativ	verneinter Imperativ
¡Siéntate! *Setz dich!* ¡Llámame! *Ruf mich an!* ¡Escríbenos! *Schreib uns!*	¡No **te** sientes! *Setz **dich** nicht hin!* ¡No **me** llames! *Ruf **mich** nicht an!* ¡No **nos** escribas! *Schreib **uns** nicht!*

Reflexiv- und Objektpronomen stehen beim verneinten Imperativ immer vor dem Verb.

Reformula las frases y utiliza el imperativo negativo. ▶ Soluciones, p. 53

1. ¡Comed el pastel!
2. ¡Quejaos!
3. ¡Hablad con vuestra tía!
4. ¡Sal de aquí!
5. ¡Cómprate ropa nueva!
6. ¡Cuenta la historia!
7. ¡Haced muchas preguntas!
8. ¡Ven!

Aussprache, Betonung und Orthografie

1 La pronunciación | Die Aussprache

a Las consonantes | Die Konsonanten

[β]	revista, a **v**eces, ner**v**ioso, be**b**er
[b]	**b**oli, ta**b**leta, **b**ailar
[θ]	**c**edé, **z**umo, ma**z**apán
[tʃ]	mo**ch**ila, **ch**uleta
[d]	**d**esayuno, **d**inero, **d**ucharse
[ð]	mo**d**erno, pa**d**re, ayu**d**ar
[f]	**f**amilia, **f**útbol, **f**iesta
[x]	cole**g**io, **g**ente, video**j**uego, tar**j**eta
[g]	**g**olosinas, **g**rande, **g**astar
[ɣ]	lue**g**o, pre**g**untar, pa**g**a
[k]	**qu**iosco, **c**aro, **k**ilo, **c**omida
[l]	fenomena**l**, **l**aboratorio, do**l**or
[ʎ]	bocadi**ll**o, caba**ll**o, **ll**amar

[m]	**m**adre, ale**m**án, fa**m**oso
[n]	a**n**imal, orde**n**ar, **n**ota
[ŋ]	i**n**glés, le**n**gua
[ɲ]	compa**ñ**ero, peque**ñ**o, monta**ñ**a
[p]	cam**p**amento, gru**p**o, es**p**erar
[ɾ]	pe**r**o, cent**r**o, ot**r**o
[r]	pe**rr**o, guita**rr**a, chu**rr**o
[s]	co**s**a, **s**alón, co**s**ta
[t]	**t**ía, estan**t**ería, repe**t**ir
[ks]	e**x**perimento, e**x**posición
[j]	**y**o, pla**y**a, ma**y**or
[w]	**w**indsurf, página **w**eb

b Las vocales | Die Vokale

[a]	**a**hora, cen**a**r
[e]	t**e**atro, cr**ee**r
[i]	**i**ntel**i**gente, **i**ndígena, **y**
[o]	tamp**o**c**o**, c**o**d**o**
[u]	l**u**gar, c**u**lt**u**ra

Der Vokal **u** wird in folgenden Fällen nicht ausgesprochen:
- nach **q**, z. B. ¿**qu**é?, ¿**qu**ién?
- zwischen **g** und **e** bzw. **i**, z. B. ju**gue**te, **gui**tarra

c Los diptongos | Die Diphthonge

[ai]	h**ay**, gu**ay**
[au]	**au**la, **au**nque
[ei]	v**ei**nte, vol**ei**bol
[eu]	**eu**ro, **Eu**ropa
[oi]	h**oy**, v**oy**, s**oy**
[j]	b**i**en, gen**i**al, c**i**udad, nad**ie**
[w]	ag**ua**, b**ue**no, sit**ua**ción

Wenn zwei aufeinanderfolgende Vokale **a**, **e** oder **o** sind, dann bilden sie keinen Diphthong, sondern zwei Silben, z. B. **mu-se-o**, **te-a-tro**.

d Reglas de acento | Betonungsregeln

1. Wörter, die auf **n**, **s** oder einen Vokal enden, werden auf der vorletzten Silbe betont.

		va	so
		va	mos
	e	**xa**	men
cho	co	**la**	te

2. Wörter, die auf einen Konsonanten (außer **n**, **s**) enden, werden auf der letzten Silbe betont.

Por	tu	**gal**
	gri	**tar**

3. Wörter, deren Betonung von diesen Regeln abweicht, haben einen Akzent auf der betonten Silbe.

tam	**bién**		
in	**glés**		
vi	**vís**		
a	**llí**		
sa	**lón**		
	fút	bol	
	fá	cil	
	pá	gi	na
	nú	me	ro

Wegen der Betonungsregeln entfällt bei einigen Wörtern der Akzent oder es wird ein Akzent hinzugefügt:
- bei Singular/Plural, z. B. la ha-bi-ta-**ción**, las ha-bi-ta-**cio**-nes
- bei angehängten Pronomen, z. B. ¡Le-**ván**-ta-te!, ¡**Mán**-da-me-lo!

2 Los signos de puntuación | Die Satzzeichen

la barra · la coma · los dos puntos · los signos de interrogación · el acento o la tilde · los paréntesis · el punto y coma · los puntos suspensivos · el punto · LA MAYÚSCULA · los signos de exclamación · la minúscula · el guion · las comillas · la tilde

17/07/18

Hola, chicos:

¿Qué tal? El mes pasado estuve con mi hermana en Argentina.

Estuve con mis primos (y mis tíos) en Buenos Aires, pero

también conocí otros lugares.

Con mi prima hice una excursión a las Cataratas del Iguazú;

están en el noreste del país.

Aquí os mando las fotos...

También bebimos mate y comimos empanadas – ¡qué ricas!

Al final del viaje mis tíos nos regalaron una «calabaza» y una

«bombilla». Así podemos tomar mate también en España.

3 La ortografía | Die Rechtschreibung

Las mayúsculas y minúsculas | Die Groß- und Kleinschreibung

Im Spanischen werden Substantive in der Regel klein geschrieben. Ausnahmen sind:

Gonzalo García Los Brincos	Gonzalo (Vorname) García (Nachname) Los Brincos (Name einer Band)	– Eigennamen
Santiago de Compostela los Andes Argentina Navarra el océano Pacífico	Santiago de Compostela (Stadt) die Anden (Gebirge) Argentinien (Land) Navarra (Autonome Region) der Pazifische Ozean	– geografische Bezeichnungen
la Semana Santa Navidad Nochevieja	die Karwoche Weihnachten Silvester	– Feiertage und Feste
Mates Francés	Mathe Französisch	– Schulfächer
el Museo Guggenheim el Parque de Doña Casilda		– Sehenswürdigkeiten

Die Zahlen

1 Los números cardinales | Die Kardinalzahlen

0	cero	19	diecinueve	200	doscientos/-as
1	un/o, una	20	veinte	300	trescientos/-as
2	dos	21	veintiuno/-a, -ún	400	cuatrocientos/-as
3	tres	22	veintidós	500	quinientos/-as
4	cuatro	23	veintitrés	600	seiscientos/-as
5	cinco	26	veintiséis	700	setecientos/-as
6	seis	30	treinta	800	ochocientos/-as
7	siete	31	treinta y uno/-a, y un	900	novecientos/-as
8	ocho	32	treinta y dos	1000	mil
9	nueve	33	treinta y tres	1622	mil seiscientos veintidós
10	diez	40	cuarenta	1989	mil novecientos ochenta y nueve
11	once	50	cincuenta	2000	dos mil
12	doce	60	sesenta	2018	dos mil dieciocho
13	trece	70	setenta	10 000	diez mil
14	catorce	80	ochenta	100 000	cien mil
15	quince	90	noventa	200 000	doscientos/-as mil
16	dieciséis	100	cien, ciento	500 000	quinientos/-as mil
17	diecisiete	101	ciento uno/-a, un	1 000 000	un millón
18	dieciocho	135	ciento treinta y cinco	2 000 000	dos millones

Die Jahreszahlen werden im Spanischen immer so ausgesprochen wie die Kardinalzahlen:
z. B. 1492 = mil cuatrocientos noventa y dos

2 Los números ordinales | Die Ordnungszahlen

1º	el primero	1ª	la primera	! el **primer** piso
2º	el segundo	2ª	la segunda	
3º	el tercero	3ª	la tercera	! el **tercer** piso
4º	el cuarto	4ª	la cuarta	
5º	el quinto	5ª	la quinta	
6º	el sexto	6ª	la sexta	
7º	el séptimo	7ª	la séptima	
8º	el octavo	8ª	la octava	
9º	el noveno	9ª	la novena	
10º	el décimo	10ª	la décima	

3 Los números quebrados y los números porcentuales | Die Bruchzahlen und Prozentzahlen

½	la mitad	=	50 %	(el cincuenta por ciento)		
⅓	un tercio	≈	33 %	(≈ el treinta y tres por ciento)	⅔	dos tercios
¼	un cuarto	=	25 %	(el veinticinco por ciento)	¾	tres cuartos
⅕	un quinto	=	20 %	(el veinte por ciento)	⅘	cuatro quintos

Verben

1 Los tiempos verbales | Die Zeitformen

Hier findest du eine Übersicht darüber, wie die verschiedenen Zeitformen gebildet werden.

	presente			presente continuo		futuro inmediato	
	-ar	**-er**	**-ir**	**estar**	**+ gerundio**	**ir a**	**+ infinitivo**
[yo]	-o	-o	-o	estoy		voy	
[tú]	-as	-es	-es	estás		vas	
[él/ella]	-a	-e	-e	está	-ando -iendo	va	a + infinitivo
[nosotros/nosotras]	-amos	-emos	-imos	estamos		vamos	
[vosotros/vosotras]	-áis	-éis	-ís	estáis		vais	
[ellos/ellas]	-an	-en	-en	están		van	

	pretérito perfecto		pretérito imperfecto		pretérito indefinido	
	haber	**+ participio**	**-ar**	**-er/-ir**	**-ar**	**-er/-ir**
[yo]	he		-aba	-ía	-é	-í
[tú]	has		-abas	-ías	-aste	-iste
[él/ella]	ha	-ado -ido	-aba	-ía	-ó	-ió
[nosotros/nosotras]	hemos		-ábamos	-íamos	-amos	-imos
[vosotros/vosotras]	habéis		-abais	-íais	-asteis	-isteis
[ellos/ellas]	han		-aban	-ían	-aron	-ieron

Verben

Hier findest du die Konjugationen oder Konjugationsmuster aller Verben, die du in *¡Apúntate! 1, 2* und *3 Nueva Edición* gelernt hast.

2 Los verbos regulares en -ar/-er/-ir | Die regelmäßigen Verben auf -ar/-er/-ir

infinitivo	**hablar**	**comer**	**vivir**	!
presente	habl**o** habl**as** habl**a** habl**amos** habl**áis** habl**an**	com**o** com**es** com**e** com**emos** com**éis** com**en**	viv**o** viv**es** viv**e** viv**imos** viv**ís** viv**en**	**coger:** co**j**o, coges, ... **saber: sé**, sabes, ... **salir:** sal**g**o, sales, ... **traer: traigo**, traes, ... **caer: caigo**, caes, ...
pretérito indefinido	habl**é** habl**aste** habl**ó** habl**amos** habl**asteis** habl**aron**	com**í** com**iste** com**ió** com**imos** com**isteis** com**ieron**	viv**í** viv**iste** viv**ió** viv**imos** viv**isteis** viv**ieron**	**leer:** leí, leíste, le**y**ó, leímos, leísteis, le**y**eron (*ebenso:* creer) **-car: buscar:** bus**qu**é, buscaste... (*ebenso:* colocar, explicar, marcar, pescar, sacar, tocar) **-gar: llegar:** lle**gu**é, llegaste, ... (*ebenso:* descargar, jugar) **-zar: empezar:** empe**c**é, empezaste, ... (*ebenso:* alcanzar, cruzar, lanzarse, organizar)
pretérito imperfecto	habl**aba** habl**abas** habl**aba** habl**ábamos** habl**abais** habl**aban**	com**ía** com**ías** com**ía** com**íamos** com**íais** com**ían**	viv**ía** viv**ías** viv**ía** viv**íamos** viv**íais** viv**ían**	
presente de subjuntivo	habl**e** habl**es** habl**e** habl**emos** habl**éis** habl**en**	com**a** com**as** com**a** com**amos** com**áis** com**an**	viv**a** viv**as** viv**a** viv**amos** viv**áis** viv**an**	**-car:** buscar: bus**que**, bus**ques**, ... (*ebenso:* colocar, explicar, marcar, pescar, sacar, tocar) **-gar:** llegar: lle**gue**, lle**gues**, ... (*ebenso:* descargar, jugar) **-ger:** coger: co**ja**, co**jas**, ... (*ebenso:* recoger) **-zar:** empezar: empie**ce**, empie**ces**, ... (*ebenso:* alcanzar, cruzar, lanzarse, organizar)
imperativo	habl**a** habl**ad**	com**e** com**ed**	viv**e** viv**id**	**salir: sal**
gerundio	habl**ando**	com**iendo**	viv**iendo**	**leer:** le**y**endo; **creer:** cre**y**endo

participio	habl**ado**	com**ido**	viv**ido**	**abrir: abierto** **creer:** creído **escribir: escrito** **leer:** leído **romper: roto** **traer:** traído

3 Los verbos auxiliares | Die Hilfsverben

Die Verben **ser** und **estar** werden nicht nur als Hilfsverben, sondern vor allem als Vollverben benutzt.

infinitivo	**ser**	**estar**	**haber**
presente	**soy** **eres** **es** **somos** **sois** **son**	**estoy** estás está estamos estáis están	**he** **has** **ha/hay** **hemos** **habéis** **han**
pretérito indefinido	**fui** **fuiste** **fue** **fuimos** **fuisteis** **fueron**	**estuve** **estuviste** **estuvo** **estuvimos** **estuvisteis** **estuvieron**	**hube** **hubiste** **hubo** **hubimos** **hubisteis** **hubieron**
pretérito imperfecto	**era** **eras** **era** **éramos** **erais** **eran**	estaba estabas estaba estábamos estabais estaban	había habías había habíamos habíais habían
presente de subjuntivo	**sea** **seas** **sea** **seamos** **seáis** **sean**	esté estés esté estemos estéis estén	**hay**a **hay**as **hay**a **hay**amos **hay**áis **hay**an
imperativo	**sé** sed	está estad	
gerundio	siendo	estando	(habiendo)
participio	sido	estado	habido

4 Los grupos de verbos | Die Gruppenverben

a Los verbos con diptongación: e → ie | Diphthongverben: e → ie

infinitivo	**pensar**	**entender**	**preferir**	!
presente	pienso piensas piensa pensamos pensáis piensan	entiendo entiendes entiende entendemos entendéis entienden	prefiero prefieres prefiere preferimos preferís prefieren	**tener: tengo**, tienes, ... **venir: vengo**, vienes, ...
pretérito indefinido	pensé pensaste pensó pensamos pensasteis pensaron	entendí entendiste entendió entendimos entendisteis entendieron	preferí preferiste prefirió preferimos preferisteis prefirieron	**tener: tuve**, ... **querer: quise**, ... **venir: vine**, ...
pretérito imperfecto	pensaba pensabas pensaba pensábamos pensabais pensaban	entendía entendías entendía entendíamos entendíais entendían	prefería preferías prefería preferíamos preferíais preferían	
presente de subjuntivo	piense pienses piense pensemos penséis piensen	entienda entiendas entienda entendamos entendáis entiendan	prefiera prefieras prefiera prefiramos prefiráis prefieran	
imperativo	piensa pensad	entiende entended	prefiere preferid	
gerundio	pensando	entendiendo	prefiriendo	
participio	pensado	entendido	preferido	
	ebenso: cerrar, despertarse, empezar, sentarse	*ebenso:* encender, perder(se), querer, tener	*ebenso:* adquirir, convertirse, divertirse, provenir, sentirse, venir	

b Los verbos con diptongación: o → ue | Diphthongverben: o → ue

infinitivo	**contar**	**volver**	**dormir**	**!**
presente	cuento cuentas cuenta contamos contáis cuentan	vuelvo vuelves vuelve volvemos volvéis vuelven	duermo duermes duerme dormimos dormís duermen	**jugar:** juego, juegas, ...
pretérito indefinido	conté contaste contó contamos contasteis contaron	volví volviste volvió volvimos volvisteis volvieron	dormí dormiste durmió dormimos dormisteis durmieron	**jugar:** jugué, jugaste, ... **poder: pude, pudiste, ...**
pretérito imperfecto	contaba contabas contaba contábamos contabais contaban	volvía volvías volvía volvíamos volvíais volvían	dormía dormías dormía dormíamos dormíais dormían	
presente de subjuntivo	cuente cuentes cuente contemos contéis cuenten	vuelva vuelvas vuelva volvamos volváis vuelvan	duerma duermas duerma durmamos durmáis duerman	
imperativo	cuenta contad	vuelve volved	duerme dormid	
gerundio	contando	volviendo	durmiendo	**poder:** pudiendo
participio	contado	**vuelto**	dormido	
	ebenso: acordarse, costar, encontrar(se), jugar, recordar, soñar, volar	*ebenso:* doler (participio: dolido), llover (participio: llovido), poder (participio: podido)		

c Los verbos con debilitación vocálica: e → i | Die Verben mit Vokalschwächung: e → i

infinitivo	**seguir**
presente	**sigo** sigues sigue seguimos seguís siguen
pretérito indefinido	seguí seguiste siguió seguimos seguisteis siguieron
pretérito imperfecto	seguía seguías seguía seguíamos seguíais seguían
presente de subjuntivo	**siga** **sigas** **siga** **sigamos** **sigáis** **sigan**
imperativo	sigue seguid
gerundio	siguiendo
participio	seguido

ebenso:
conseguir, corregir, pedir, servir

d Los verbos con el cambio c → cz | Die Verben mit der Veränderung c → zc

infinitivo	**conocer**	!
presente	cono**zc**o conoces conoce conocemos conocéis conocen	**convencer:** conven**z**o, convences, ...
pretérito indefinido	conocí conociste conoció conocimos conocisteis conocieron	
pretérito imperfecto	conocía conocías conocía conocíamos conocíais conocían	
presente de subjuntivo	cono**zc**a cono**zc**as cono**zc**a cono**zc**amos cono**zc**áis cono**zc**an	**convencer:** conven**z**a, conven**z**as, ...
imperativo	conoce conoced	
gerundio	conociendo	
participio	conocido	

ebenso:
aparecer, parecer, producir

5 Los verbos irregulares | Die unregelmäßigen Verben

infinitivo	**dar**	**decir**	**hacer**	**ir**	**poner**	**reír**
presente	**doy** das da damos **dais** dan	**digo** dices dice decimos decís dicen	**hago** haces hace hacemos hacéis hacen	**voy** **vas** **va** **vamos** **vais** **van**	**pongo** pones pone ponemos ponéis ponen	**río** **ríes** **ríe** reímos reís **ríen**
pretérito indefinido	**di** **diste** **dio** **dimos** **disteis** **dieron**	**dije** **dijiste** **dijo** **dijimos** **dijisteis** **dijeron**	**hice** **hiciste** **hizo** **hicimos** **hicisteis** **hicieron**	**fui** **fuiste** **fue** **fuimos** **fuisteis** **fueron**	**puse** **pusiste** **puso** **pusimos** **pusisteis** **pusieron**	reí reíste rio reímos reísteis rieron
pretérito imperfecto	daba dabas daba dábamos dabais daban	decía decías decía decíamos decíais decían	hacía hacías hacía hacíamos hacíais hacían	**iba** **ibas** **iba** **íbamos** **ibais** **iban**	ponía ponías ponía poníamos poníais ponían	reía reías reía reíamos reíais reían
presente de subjuntivo	**dé** **des** **dé** **demos** **deis** **den**	**diga** **digas** **diga** **digamos** **digáis** **digan**	**haga** **hagas** **haga** **hagamos** **hagáis** **hagan**	**vaya** **vayas** **vaya** **vayamos** **vayáis** **vayan**	**ponga** **pongas** **ponga** **pongamos** **pongáis** **pongan**	**ría** **rías** **ría** **riamos** **riais** **rían**
imperativo	da dad	**di** decid	**haz** haced	**ve** id	**pon** poned	ríe reíd
gerundio	dando	diciendo	haciendo	**yendo**	poniendo	riendo
participio	dado	**dicho**	**hecho**	ido	**puesto**	reído

Verben

infinitivo	**saber**	**tener**	**traer**	**venir**	**ver**
presente	**sé** sabes sabe sabemos sabéis saben	**tengo** tienes tiene tenemos tenéis tienen	**traigo** traes trae traemos traéis traen	**vengo** vienes viene venimos venís vienen	**veo** **ves** **ve** **vemos** **veis** **ven**
pretérito indefinido	**supe** **supiste** **supo** **supimos** **supisteis** **supieron**	**tuve** **tuviste** **tuvo** **tuvimos** **tuvisteis** **tuvieron**	**traje** **trajiste** **trajo** **trajimos** **trajisteis** **trajeron**	**vine** **viniste** **vino** **vinimos** **vinisteis** **vinieron**	**vi** viste **vio** vimos visteis vieron
pretérito imperfecto	sabía sabías sabía sabíamos sabíais sabían	tenía tenías tenía teníamos teníais tenían	traía traías traía traíamos traíais traían	venía venías venía veníamos veníais venían	**veía** **veías** **veía** **veíamos** **veíais** **veían**
presente de subjuntivo	**sepa** **sepas** **sepa** **sepamos** **sepáis** **sepan**	**tenga** **tengas** **tenga** **tengamos** **tengáis** **tengan**	**traiga** **traigas** **traiga** **traigamos** **traigáis** **traigan**	**venga** **vengas** **venga** **vengamos** **vengáis** **vengan**	**vea** **veas** **vea** **veamos** **veáis** **vean**
imperativo	sabe sabed	**ten** tened	trae traed	**ven** venid	ve ved
gerundio	sabiendo	teniendo	tra**y**endo	viniendo	viendo
participio	sabido	tenido	traído	venido	**visto**

Grammatische Begriffe

spanisch	deutsch	Beispiel
el adjetivo	das Adjektiv	**bueno, malo, diferente**
el adverbio	das Adverb	**antes, prácticamente, después, aquí**
el artículo determinado	der bestimmte Artikel	**el** consejo, **la** cifra
el artículo indeterminado	der unbestimmte Artikel	**un** momento, **una** cuchara
el comparativo	der Komparativ	Mateo es **más alto que** Ana.
la conjunción	die Konjunktion	**y, o, sin embargo, porque**
la consonante	der Konsonant	**b, c, h**
el determinante demostrativo	der Demonstrativbegleiter	**este** disco, **esas** hermanas
el determinante indefinido	der indefinite Begleiter	**muchos** edificios, **poca** gente
el determinante posesivo	der Possessivbegleiter	**mi** falda, **nuestro** blog
el estilo indirecto	die indirekte Rede	**Nico dice que está enfadado.**
el futuro inmediato	das unmittelbare Futur	**Voy a bailar.**
el género (masculino/-a, femenino/-a)	das Geschlecht (männl., weibl.)	**el** huevo (masculino), **la** gorra (femenino)
el gerundio	das Gerundium	**cantando, escribiendo**
el imperativo	der Imperativ	**¡ven!, ¡despiértate!**
el indicativo	der Indikativ	**hablo, dices, saben**
el infinitivo	der Infinitiv	**hablar, decir, saber**
el modo (el indicativo, el subjuntivo)	der Modus (Indikativ, Subjuntivo)	**llegas** (indicativo), **llegues** (subjuntivo)
la negación	die Verneinung	**No** hablo chino.
el número (el singular, el plural)	der Numerus (Einzahl, Mehrzahl)	**el** río (singular), **las** catarata**s** (plural)
la oración relativa	der Relativsatz	El cómic **que lees** es divertido.
el participio	das Partizip	**hablado, vivido, escrito**
la persona	die Person	[**tú**] prepar**as** (segunda persona singular)
la preposición	die Präposition	**en, a, por, delante de, para, según**
el presente	das Präsens	**creo, habla, reís**
el pretérito imperfecto	das Pretérito Imperfecto	**creía, hablaba, reía**

Grammatische Begriffe

el pretérito indefinido	das Pretérito Indefinido	**canté**, **tuvimos**, **dijeron**
el pretérito perfecto	das Pretérito Perfecto	**he visto**, **ha salido**
el pronombre de complemento directo	das direkte Objektpronomen	**me**, **te**, **lo**, **la**, **nos**, **os**, **los**, **las**
el pronombre de complemento indirecto	das indirekte Objektprono-men	**me**, **te**, **le**, **nos**, **os**, **les**
el pronombre demostrativo	das Demonstrativpronomen	**este** es..., **esos** son...
el pronombre interrogativo	das Fragewort	**¿dónde?**, **¿qué?**, **¿cómo?**
el pronombre personal sujeto	das Subjektpronomen	**yo**, **tú**, **él**, **ella**, ...
el pronombre relativo	das Relativpronomen	**que**, **donde**, **con la que**
el subjuntivo	der Subjuntivo	**hable**, **haga**, **viva**
el superlativo	der Superlativ	El Prado es **el** museo **más importante**.
el sustantivo	das Substantiv	Me gustan **las novelas**.
el verbo	das Verb	Carlos **escucha** música.
el verbo auxiliar	das Hilfsverb	**ser**, **estar**, **haber**
el verbo modal	das Modalverb	**poder** hablar, **tener que** irse
el verbo reflexivo	das reflexive Verb	**despertarse**, **convertirse**
la vocal	der Vokal	**a**, **e**, **i**, **o**, **u**

Unidad 1

p. 6:
1. En Bilbao hay un museo famoso **donde** puedes ver obras de arte interesantísimas.
2. El País Vasco es una comunidad autónoma **donde** hay mucha industria.
3. En Bilbao hay muchas cafeterías **donde** puedes comer pinchos.
4. Ea es un pueblo **donde** hay una playa muy bonita.

p. 7:
1. ¿Quieres **uno**?
2. ¿Me regalas **una**?
3. Necesito **uno**.
4. Compra **una** para mí, por favor.

p. 8:
1. hablaba
2. estudiábamos
3. se levantaban
4. encontrábamos
5. buscaba
6. pedía
7. jugabais
8. creías
9. salíais
10. te acordabas
11. comía
12. empezaban
13. conocía
14. escribíamos
15. leía
16. entendían

p. 8:
1. ¿Cómo **era** tu vida antes?
2. ¿Quiénes **eran** tus amigos?
3. ¿Qué **veías** en la tele cuando **eras** pequeña?
4. Mis hermanos y yo casi nunca **veíamos** la tele.
5. ¿Antes Max **iba** al colegio en bici?
6. No, normalmente él y su hermana **iban** a pie.

p. 9:
1. Los chicos **acaban de llegar** a la fiesta.
2. Daniel **acaba de hablar** con Ana.
3. **Acabo de hacer** los deberes.
4. Tarek a**caba de desayunar**.
5. **¿Acabas de comer paella?**
6. **Acabamos de escribir** un examen.

p. 9:
1. **Lo malo** del instituto son los exámenes.
2. **Lo más difícil** de los exámenes es no ponerse nervioso.
3. **Lo mejor** del domingo es que no hay clases.
4. **Lo bueno** de vivir en el pueblo es que puedes ir a pie a todos los lugares.

p. 10:
1. No, **no lo sabía**.
2. No, todavía **no lo sé**.
3. Sí, **lo puedo entender**.
4. Sí, **lo creo**.
5. Sí, lo **escuché**.

p. 10:
1. Te digo todo lo que sé.
2. ¿Entiendes lo que tenemos que hacer?
3. ¿Tenéis todo lo que necesitáis?
4. Lo que tienes que hacer es estudiar.

Unidad 2

p. 12:
1. En el concierto había **demasiada** gente.
2. Ayer dormí **demasiado**.
3. Este examen es **demasiado** fácil.
4. Este mes tenemos **demasiados** exámenes.
5. No necesito más zapatos. Ya tengo **demasiados**.
6. Esta película es **demasiado** aburrida.
7. Este zumo tiene **demasiado** azúcar.
8. ¿Más deberes? Por favor, ¡esto es **demasiado**!
9. ¿Dónde dejamos las bicis? Aquí ya hay **demasiadas**.
10. Estás comiendo **demasiadas** chucherías.

p. 14:
1. Ayer Alba **se despertó**, **se levantó** y después **desayunó**.
2. Cuando **era** pequeño, mis amigos y yo **jugábamos** en la calle todos los días.
3. El lunes **iba** al instituto y de repente **me acordé** de los deberes.
4. Ayer Mario **habló** con Marta porque **quería** entender su problema.
5. Esta mañana Pablo todavía **estaba** muy tranquilo, pero antes del examen de Mates **se puso** como un flan.

p. 15:
1. Ahora **las** busco.
2. Es difícil saber**lo**.
3. El profe quiere ver**te**. / El profe **te** quiere ver.
4. Mañana **la** visito.
5. Esteban no **les** escribe.
6. ¡Qué bueno ver**os**!
7. Voy a mandar**lo**. / **Lo** voy a mandar.
8. Tenemos que comprar**los**. / **Los** tenemos que comprar.

p. 16:
1. Diego **se lo** mandó.
2. Te **lo** digo.
3. Lucía **se la** escribe.
4. El profesor nos **los** explica bien.
5. Sus primos **se lo** dieron.
6. Mañana te **los** traigo.
7. Nosotros **se lo** preparamos.
8. Jorge os **la** cuenta.

p. 17:
1. Hoy no tenemos que hacer **ninguna** tarea del hogar.
2. ¿Tienes **algún** examen esta semana?
3. Alba todavía no conoce a **ninguno** de los chicos del grupo.
4. Si tienes **algún** problema, te ayudo.
5. –¿Ves **alguna** serie en la tele?
   –No, no veo **ninguna**.
6. En casa tengo **algunos** cedés con música en español.

Unidad 3

p. 20:
1. tome
2. seas
3. comamos
4. vaya
5. hagáis
6. vivan
7. busques
8. escribas
9. vengan
10. esté
11. diga
12. habléis
13. cojamos
14. aprenda
15. pongamos

p. 21:
1. Mi tía quiere que le mande una postal.
2. (Ella) siempre me pide que le escriba.
3. Mi padre me da dinero para que me compre ropa.
4. Espero que podáis venir a mi fiesta.

p. 22:
1. Me encanta que **estéis** aquí.
2. Me molesta que mi hermana siempre me **pregunte** tantas cosas.
3. Tenemos miedo de que el examen **sea** difícil.
4. A Alfonso le gusta que hoy no **haya** clases.
5. Nos da un poco de corte **hablar** español.
6. ¿Te sorprende que Alejandro **salga** con Alicia?

p. 23:
1. Los padres vuelven a salir.
2. David se pone a escribir.
3. El equipo llega a ganar el partido.
4. Volvemos a preguntar.
5. Nos ponemos a ordenar la habitación.

p. 24:
1. Silvia está durmiendo.
2. Silvia lleva una hora durmiendo.
3. Silvia sigue durmiendo.
4. Silvia pasa el día durmiendo.

Unidad 4

p. 26:

1. Javi y Bea son mis amigos **con los que** siempre juego al fútbol.
2. Buenos Aires es una ciudad **en la que** puedes ver muchas cosas interesantes.
3. Allí está el bar **al que** vamos.
4. Susana es una chica de mi clase **a la que** no conozco muy bien.
5. Esa es la película **de la que** Carmen nos contó ayer.

p. 27:

1. Voy a hablar **rápidamente** con Ana y después te llamo.
2. Este regalo es **especialmente** bonito.
3. Yo hablo **mal** inglés, pero Ana lo habla **perfectamente**.
4. **Normalmente** me levanto a las siete.
5. ¿Dónde estás **exactamente**?
6. Julio se deja convencer muy **fácilmente**.

p. 28:

1. No pienso que **pueda** ir al instituto mañana.
2. Estoy seguro de que mi amigo **llega** tarde como siempre.
3. Mi madre piensa que **estamos** en el parque.
4. Los chicos dudan que **tengan** suficiente dinero para el cine.
5. Carmen no cree que el examen de Mates **sea** fácil.
6. No estoy seguro de que mañana **haga** buen tiempo.
7. Creemos que Argentina **es** un país muy bonito.
8. No dudamos que la comida argentina nos **gusta**.
9. Creo que Lautaro no **vive** en Buenos Aires.
10. Estoy segura de que el abuelo de Lautaro **toca** muy bien la guitarra.

p. 29:

1. *Ich bin fertig. Gehen wir?*
2. *Lautaro ist schlecht in Mathe.*
3. *Wie schlau du bist!*
4. *Bist du krank? / Ist dir schlecht?*
5. *Meine Familie ist nicht sehr reich.*
6. *Der Saft ist schlecht/verdorben.*
7. *Die Paella ist sehr lecker!*
8. *Das Buch, das ich gerade lese, ist schlecht.*

p. 31:

1. Carmen canta **mejor que** Daniela.
2. En el pueblo vivimos **más tranquilamente que** en la ciudad.
3. En un pueblo te pierdes **menos fácilmente que** en una ciudad grande.
4. Hoy me siento **peor que** ayer.
5. Eva dibuja **tan bien como** Carmen.
6. Diego es **el que mejor** canta.

p. 31:

1. el laguito
2. el perrito
3. el restito
4. la bolsita
5. el minutito
6. el arbolito
7. la amiguita
8. ahorita

p. 32:

1. **Es posible que** Carmen no **venga** hoy.
2. **Es importante que hagáis** los deberes.
3. **No es justo que tengamos** que estudiar el fin de semana.
4. **Es normal que estén** cansados.

p. 33:

1. ¿**Puedes** venir a mi casa el sábado?
2. ¿**Sabes** llegar a mi casa? Si no, te explico el camino.
3. Lautaro no **puede** ir al instituto porque está enfermo.
4. Mis hermanitos todavía no **saben** leer.
5. Eva **sabe** cantar muy bien, pero ahora no **puede** cantar porque en su casa todos están durmiendo.
6. Los padres de Lautaro no **pueden** comprar una bicicleta para él y su hermana.
7. No te **podemos** ayudar. Es que no tenemos tiempo.
8. No **puedo** quedar contigo hoy.

Módulo 4

p. 35:

1. ¡No comáis el pastel!
2. ¡No os quejéis!
3. ¡No habléis con vuestra tía!
4. ¡No salgas de aquí!
5. ¡No te compres ropa nueva!
6. ¡No cuentes la historia!
7. ¡No hagáis muchas preguntas!
8. ¡No vengas!

Index

Hier findest du alle Themen aus diesem Grammatikheft in alphabetischer Reihenfolge mit Seitenzahl. Die grünen Themen sind Wiederholungen aus *¡Apúntate! 1 Nueva edición* und *¡Apúntate! 2 Nueva edición*, die in diesem Heft in den grünen *¡Acuérdate!*-Kästen noch einmal aufgegriffen werden.

Index